U0613260

了不起的她

张佳玮——著

SPM 南方传媒 ｜ 广东人民出版社

·广州·

图书在版编目（CIP）数据

了不起的她 / 张佳玮著 . -- 广州 ：广东人民出版
社 ，2025. 2. -- ISBN 978-7-218-18309-1

Ⅰ . I267.1

中国国家版本馆 CIP 数据核字第 2024C2G912 号

LIAOBUQI DE TA

了不起的她

张佳玮 著

版权所有 翻印必究

出 版 人：肖风华

责任编辑：周汉飞
责任技编：吴彦斌
装帧设计：DUCK 不易

出版发行：广东人民出版社
地 址：广州市越秀区大沙头四马路 10 号（邮政编码：510199）
电 话：（020）85716809（总编室）
传 真：（020）83289585
网 址：http://www.gdpph.com
印 刷：北京蚂蚁印科技有限公司
开 本：880mm×1230mm 1/32
印 张：7 **字 数**：107 千
版 次：2025 年 2 月第 1 版
印 次：2025 年 2 月第 1 次印刷
定 价：59.80 元

如发现印装质量问题，影响阅读，请与出版社（020-85716849）联系调换。
售书热线：（020）87716172

序

我少时学古诗名篇《木兰辞》时，老师多赞美木兰代父从军，是为孝顺；保家卫国，是为精忠。

我自己的观感却是：木兰的气度别具一格，刚健洒脱，少年气象，更无视性别印象。

旦辞黄河去，暮至黑山头。色彩鲜明，疾若飞电。十二年，弹指一挥间。

将军百战死，壮士十年归，可汗问所欲，木兰不用尚书郎。十二年关山万里，黄河燕山，结束了，功名抛在身后，就要回家去。

等到家露出真面目，吓到所有人：同行十二年，不知木兰是女郎。

在这惊人的时刻，木兰非常从容，还能打比方：扑朔迷离，双兔傍地走，安能辨我是雄雌？从头到尾，都是举重若轻。

后来，迪士尼拍《花木兰》动画片，重在女性自立。最妙的情节，便是让木兰的同僚化妆成后宫宫女，解救天子。其英文主题歌还唱道"月之阴面"，描述木兰被忽视的一面。

可见，一个故事乃至一段人生，自有不同解读法，各取所需。

法国名作家玛格丽特·杜拉斯，自己拥有传奇的一生，却极爱描写她那平凡的母亲。在著名的《抵挡太平洋的堤坝》一书中，她描写了自己的母亲购买耕地，为免受潮水之害，修筑抵挡太平洋的堤坝，最后一切辛苦自然白费。

对喜欢宏大刺激情节、复杂深刻人物的读者而言，若以成王败寇的世界观看待，这只是一个普通人徒劳无功的努力故事。

但作为目睹过自己母亲努力的普通人，大概会心有所感。毕竟对每个普通人乃至普通女性而言，这样的奋斗，是属于她们自己的、独一无二的史诗。

本书当然无法和《木兰辞》或杜拉斯的鸿篇巨著相比。本书中所出现的角色，既非传统意义上的贤妻良母，也难以单一职业去定位。大略言之，本书并非一个行业杰出女性评测表彰大会。

但或多或少，她们都在以自己的方式，建筑自己的堤坝抵挡世界的洪水。

本书女性若有共通之处，大概便是其自我认知与生命力之强大，使其人生极具传奇色彩；也因为自我认知之强大，故在其生活的男性主导时代，势必多遭贴标签与误会，遂有其曲折与跌宕。本书无法深入每位角色的内心，但其故事与经历，会令旁观者——即便难以切身体会其经历——不由感叹其生命力与认知之蓬勃。她们故事中那些不一定符合寻常叙事的细节，大概便是容易被忽视的"月之阴面"。

不一定宏大堂皇，但她们的努力与痛苦，构成了这些故事。

最后，谨以《浮士德》的名句结尾：

"永恒之女性，引我等向上。"

目 录

第一部分　她的了不起

1

目 录

第二部分　了不起的她

第一部分

她的了不起

毛姆：痴情的"厌女症患者"

威廉·萨默塞特·毛姆是位非常聪明的小说家。

他聪明得如此游刃有余，如此富有幽默感，发之于小说，就经常显出俏皮，甚至有点毒舌。

这自然事出有因。

毛姆之父是位律师，曾负责英国驻巴黎大使馆的事务，毛姆自己出生在大使馆：所以威廉·萨默塞特·毛姆这位地道的英国人，却出生在法国巴黎。

这份微妙矛盾的命运，从出生就伴随着他。

10岁那年父母去世，毛姆被身为牧师的叔叔收养。

他的第一语言是法语，少年时英语不如法语好，加之矮小，多遭同侪嘲笑。他留下了口吃的毛病，不知是否与此有关。

他既生在法律世家，周围人人能言善辩，自己也理所当然地思维敏捷，但因为口吃，嘴巴跟不上脑子，自然有许多不愉快的经历。他早早领略到了人群的恶意，他当不了律师，也不想去当牧师，注定要成为家族里的另类。

他想过从医，也确实取得了医生资格。但23岁那年，出版的小说《兰贝斯的丽莎》大为畅销后，毛姆决定以写作为生。当然，学医的经历，对他极有意义。一战期间，他曾在红十字会和救护队服役。很多年后，他说作为医学生的经验，让他"看见人们如何死去，如何忍受痛苦，看到了希望、恐惧与释然"。

加上他自己的曲折经历，他很早就洞悉了人性的阴暗面。

他也曾游历各地——瑞士、俄罗斯、印度、东南亚，见惯世态人情。

见识过各地的文明后，毛姆多少发现了：许多规矩，其实是已有的偏见。而世上每个人都或多或少被某种情感所束缚，自己无从选择。

毛姆最有名的小说之一《月亮与六便士》，结尾极其体现他的趣味。众所周知，那部小说里，毛姆以旁观者的视角，描述了以大画家高更为原型的查理斯·思特里克兰德，如何为了绘画，抛弃世俗社会累积的一切，跑去塔希提画画，终于殉了梦想。毛姆也描述了留在文明社会中查理斯的那些亲友，如何假装引经据典地，道貌岸然地，认为查理斯之死是自作自受。

毛姆并没公然表达自己的爱憎，只是幻想着已故的查理斯在塔希提的孩子，如何在碧空与太平洋间舞蹈，最后以自己的亨利叔叔之言结束小说："魔鬼要干坏事总可以引证《圣经》。"

这就是毛姆的风格。他对查理斯·思特里克兰德忠于梦想的性情颇为欣赏，同时鄙夷文明社会道貌岸然的评断者。但他是个聪明人：他不喜欢虚伪的崇高，因此喜欢嘲讽一切——对他所欣赏的，他会嘲讽得温和些。而对笔下的女性，毛姆表现得比较微妙。

一方面，毛姆偶尔显得厌女。《午餐》这篇小说里，毛姆刻画了一位矫揉造作的太太：满嘴这不肯吃那不肯吃，还一直劝"我"要少吃，却在不知不觉间点了鱼子酱、鲑鱼、芦笋、冰淇淋和咖啡，肆意大吃。吃干抹净之后，还要以过来人的身份劝诫"我"，千万不能多吃。明明在这个故事里，"我"只吃了一块羊排。

毛姆如此幸灾乐祸地为本故事结尾：

　　我认为我不是个报复心很强的人，可是当不朽的诸神插手干预时，即便是幸灾乐祸地旁观别人倒霉，也是可以宽恕的。如今她体重近300磅（约合135公斤）。

然而，他笔下真性情的女子，却又往往能得着好运。比如《表象和现实》这篇小说，毛姆自称是用来嘲讽法国人的：

一个法国的勒绪尔先生，找了个美丽的商店女郎莉赛特当情人。勒绪尔自以为遇到了爱情，引以为荣，自得其乐，过上了典型的"有情妇的成功男人"的生活。等他仕途有成，回家却发现，莉赛特另有个情人。他大受打击之余，质问莉赛特，莉赛特的回答轻盈而灵巧：

"问我为什么喜欢他？因为他年轻啊！"

"问我我爱哪个呢？两个都爱！"

莉赛特的回答极为可爱，她告诉勒绪尔先生："爱你是因为你善良慷慨讲理有趣，爱他是因为他眼睛大头发好跳舞好。"更在劝勒绪尔先生时，说了一句分量十足的真理，勒绪尔先生企图完全占有情妇，本质是他太贪心了。

"人这辈子，不可能什么都拥有。"

故事最后，以一种荒诞的方式结束：莉赛特和她的情人结了婚，反正那位情人也时常不在巴黎，于是她继续与勒绪尔维持着情人关系。

勒绪尔先生于是心满意足，还自以为是地觉得：自己的这位情人先前是个商店女郎，如今是个体面的已婚女子了！

毛姆笔下，不止一位脚踏两条船的女子有类似的好运。在另一个故事《无所不知先生》里，毛姆通过一个复杂的打赌认输的故事，讲述了一个平时颇为刁钻的主角，细心又温柔的，宁可经济上吃一些亏，替一位被丈夫冷落了的夫人掩藏了她有外遇的事实。夫人也知恩图报，奉还了这笔钱。

大概，毛姆就喜欢优雅、简洁、敏锐地观察，带着好奇心与同情心，毒舌地刻画人物，创作一幅幅多层次的肖像，嘲讽各色装腔作势的教条主义者，批判又同情地描绘那些反叛规矩却活出自我价值的人。

而他对那些有魅力的风流女子，似乎格外宽容些。

这是因为他推崇解脱束缚、寻求快乐的人们吗？

又不尽然了。

1929年，毛姆写了著名的《寻欢作乐》。其中有一位叫罗西的女士，她如此安慰哭泣的主角：搂住主角的脖子，亲吻主角的嘴唇、眼睛与沾泪的脸，将主角的头拉到自己胸口，"好像是她怀中的一个婴儿"。

这位罗西在生活中的原型是埃塞尔温·西尔维娅·琼斯。

或者用毛姆自己的描述——"苏"。

冷静而毒舌的毛姆，很多年后描述苏时，如此说道："关于埃塞尔温，从哪里说起呢？"他也不知道。

埃塞尔温·西尔维娅·琼斯，1883年出生。1902年

4 月 26 日的某报纸记录道：

> 埃塞尔温·琼斯，亨利·阿瑟·琼斯先生的次女，女演员，于周四下午在圣乔治汉诺威广场，嫁给了 M.V. 勒沃先生，加里克剧院的经理。琼斯小姐已在舞台上经历幼年，近来正出演她父亲的喜剧《公主的鼻子》。婚礼招待会在波特兰广场 38 号，三百位宾客出席……

四年后的 1906 年夏天，23 岁的埃塞尔温遇到了大她九岁的毛姆。当时，她和丈夫分居，婚姻不太幸福，但依然保有着毛姆所谓的"最美丽的笑容"。他俩成了情人后，据说苏问毛姆这段关系会维持多久，毛姆以他写小说时那种轻盈揶揄的口吻回答："六星期吧！"

然而毛姆料想不到，放不下的是他。

毛姆如此钟爱苏，相识一年后的 1907 年，他请了后来受封爵士的名画家杰拉德·凯利去给苏画了像，然后杰拉德也成了苏的情人……据说，毛姆的朋友中跟苏成了情人的，远不止杰拉德一个。毛姆和苏纠缠了七年，终于下定决心，在1913年12月跟苏求婚。苏拒绝了，转身嫁给了大自己两岁的国会议员、家里有伯爵头衔的安格斯。毛姆大为失落，四年后，他娶了跟他兴趣并不完全相投的希利尔·伯纳德，许多人相信那是毛姆"最后一次试图对抗自己的同性恋倾向，试图拥有一段普通男人的感情"。这段婚姻于十二年后告终。一年后，毛姆出版了《寻欢作乐》，描述了以苏为原型的罗西。

为什么苏令毛姆如此难忘呢？美丽？性感？求而不得？毛姆自己的描述是，虽然苏有许多情人，但她天性如此，毫无邪气。

回看毛姆笔下那些魅力十足的女性，尤其是那位拥有两个情人，还觉得理所当然的莉赛特：

"为什么喜欢他？因为他年轻啊！"

"我爱哪个呢？两个都爱！"

是不是颇有苏的气息？

再想多一步……杰弗里·梅耶斯先生写道，毛姆的终生挚爱，无疑是"温暖、轻柔、母性又性感的苏·琼斯"。

《寻欢作乐》中，罗西安慰主角时所做的动作：她将主角拉到自己胸口，"好像是她怀中的一个婴儿"。

毛姆自己十岁那年，失去了母亲。

我们是否隐约看到了答案的轮廓？

毛姆轻盈而毒舌，喜欢嘲讽一切。嘲讽已有规则，嘲讽虚情假意，嘲讽装模作样，嘲讽老于世故。可是到最后，他还给寻欢作乐、风流潇洒、追求自我的人们，尤其是魅力十足的女性们，留了一小片天地。

也许是因为他描摹罗西时，依然记得二十三年前初识苏的夏天，在被苏拒绝后，依然无法忘怀。也许是更早一点，在失去母亲之后，他一直在盼望能再见到一个将自己拉到胸口去拥抱着的女性形象。谁知道呢？也许连毛姆自己都未必说得清楚。

但毛姆与苏那段未遂的感情，确实改变了他。很多年后，在《大英客轮远洋之旅》中，毛姆如此结尾：

> 人为什么要让自己不快乐呢？……有什么事值得我们痛不欲生，心怀恶意，虚荣计较，丧失善心？……我们的快乐生活很短暂，死亡却是漫长的。

恰如他自己与苏在"六星期吧"之后，那八年的纠缠。又过了十六年后，在《寻欢作乐》中，他写出了罗西将主角拥抱入怀的场面。

毛姆总在这种瞬间，会流露真情，大概那就是他自己的人生经验告诉他的：

不要自苦，因为人生苦短。

"殉梦者"——菲茨杰拉德

"你以为你是谁？"（按当事人的回忆，原话是Which bitch do you think you are？）

据说，1937年，41岁的弗朗西斯·斯科特·菲茨杰拉德醉醺醺地，对他身旁39岁的杰内瓦·金如是说。

前一年，菲茨杰拉德刚把他发疯的妻子泽尔达，送进了高地医院。12年前，他出版了著名的

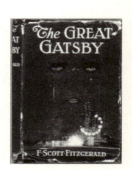

《了不起的盖茨比》
1925年首次出版
时的封面

《了不起的盖茨比》，此时却在好莱坞燃烧自己，每周挣一千美金，胖得有了双下巴，而且想法子戒他永远没戒成的酒瘾，离他死去还有三年。

他对初恋杰内瓦吐出这句话，只因为杰内瓦问了他一句："你小说里的女主角，哪个是按我塑造的？"

菲茨杰拉德有多恨这个女人，才会这样，在会面之初就豪饮烈酒、口吐粗话，让杰内瓦后来说"我为菲茨杰拉德的堕落而难过"？

天晓得。

然而，对杰内瓦口出粗言的菲茨杰拉德，却在给自己女儿写信时，如此描述杰内瓦："她是我第一个爱过的女孩儿，我如此坚定地避免见到她——直到这一刻——就是为了保持那幅完美画面。"

众所周知，菲茨杰拉德，弗朗西斯·斯科特·菲茨杰拉德，1925 年出版了《了不起的盖茨比》（*The Great*

Gatsby，又被译为《大亨小传》），一部以 20 世纪 20 年代的纽约市及长岛为背景的中篇小说。

现在文学史会说：这是菲茨杰拉德最伟大的作品，探讨了堕落、理想主义、变革阻碍、社会巨变，对爵士时代和咆哮的 20 年代进行了深度描绘，普遍认为是对美国梦的警醒，等等。

但这本如今的传奇名作，当初卖得并不算好。

查理斯·斯克里布纳之子公司出版了这本小说，到菲茨杰拉德逝世为止，这书卖了十几年，销量不到 24000 册。

等到了出版 20 年后，这本书才在当时二战前线的美国战士中间红了起来——大概，前线的年轻人，更容易跟盖茨比有共鸣？

1998 年，现代图书馆编辑委员会投票，评选其为最伟大的美国小说和最佳英语小说的第二名；随后入选 2005 年《时代》周刊百本最佳英文小说。这才算真成为经典。

《了不起的盖茨比》剧情太有名，本来不用复述了。但，还是多说一遍吧：

盖茨比，一个普通美国年轻人，爱上了大美女黛西。他去参军时，黛西嫁给了大富豪之子汤姆·布坎南。布坎南另外有个情妇莫特尔。

五年后，盖茨比通过一些不算正大光明的手腕发了大财，去到黛西居住的长岛，买了豪宅，看着黛西家门口的绿灯，天天开宴会纸醉金迷，希望能续前缘。后来终于通过黛西的表兄弟尼克搭上了关系。

汤姆知道此事后，与盖茨比对峙。黛西开车误撞死了莫特尔。汤姆误导了莫特尔的丈夫乔治，借刀杀人，杀了盖茨比。盖茨比死后，一切风流云散，黛西与汤姆置身事外走了，只有尼克为他送葬。

《了不起的盖茨比》大概写了一个痴情，或者说，痴于梦想的盖茨比，为了寻回那个美丽但骄纵的女主角黛西，在长岛造起了唯有在梦境可以想象的不朽舞台，但最后还是以悲剧结尾。

在那著名的海滩独白上，故事叙述者尼克感受到命运如灯，会不断勾引人去追逐，却日益远去。

您可以读出，对自己笔下的盖茨比，以及那个逐渐流失的黄金时代，菲茨杰拉德是充满了叹惋之感的。

那他自己的态度呢？

《了不起的盖茨比》开头，有这么段著名的题词：

那就戴顶金帽子，如果能打动她的心；

如果你能跳得高，就为她也跳一遭，

直到她喊："郎君，戴金帽跳得高的郎君，我一定得拥有你！"

在小说里，盖茨比就是为了打动黛西的心，跳得那么高，什么都不顾了。

在现实中，菲茨杰拉德自己亲身经历了类似的故事。

1896 年，斯科特·菲茨杰拉德生在美国中西部明尼苏达一个中产阶级家庭。

17 岁，他想法子进了普林斯顿大学读书，梦想当个小说家。

19 岁，他遇到了小他两岁多的杰内瓦·金：盖茨比遇到了他的第一个黛西。

1915 年 2 月，与菲茨杰拉德相处了一个月的杰内瓦在日记里写："斯科特是完美的情人。"下一个月："我疯狂地爱上了他。"

他们通信，一直到 1916 年秋天。菲茨杰拉德去拜访了杰内瓦，身为一个破产家具商的儿子，他挨了杰内瓦老爸——一个股票经纪人、建筑大亨的儿子——这么句狠话："穷人家男孩，从来就不该动念头娶富家女孩。"

菲茨杰拉德和杰内瓦分手了——虽然他俩此前也没怎么真在一起。

杰内瓦 1916 年写了篇小说，描述一个女人出嫁后思念意中人的故事，意中人叫作斯科特。

菲茨杰拉德的名字，也叫斯科特。

几年后，菲茨杰拉德结婚时，杰内瓦给他写信，祝他成功，还邀他来探访一下自己——当然，他没来。

菲茨杰拉德跟杰内瓦分手后，去参了军，准备去欧洲打第一次世界大战。他怕死在战场上，再也没机会抖擞他的才情，于是参军前写了自己第一部小说，《浪漫的自我主义者》。没能出版。

那是 1917 年的事，《了不起的盖茨比》里，盖茨比跟黛西分手那年。

到此为止，盖茨比与菲茨杰拉德的人生，亦步亦趋地同步。

1918 年，菲茨杰拉德遇到小他四岁的泽尔达，后来他回忆，"9 月 7 日我爱上了她"。

盖茨比遇到了第二个黛西。

泽尔达是典型的美国南方姑娘，生在 1900 年。16岁时就是学校的舞会皇后，集万千宠爱于一身。她高中毕业照上题了段话，极见性情，甚至预示她之后的命运："当我们能借到一切时，为何要工作终日。让我们只想今天，不要担忧明天。"

菲茨杰拉德跟泽尔达的感情（就像盖茨比和黛西似的）被战争打断了。1918 年 10 月，菲茨杰拉德被派去法国前，先到了纽约长岛。在那里，他听说德国人投降了，战争结束了。

1919 年情人节，菲茨杰拉德退伍，在纽约住下。他搬到曼哈顿西侧一个单身公寓里，只求望得见泽尔达的家。他为一家广告公司打工，顺便向泽尔达求婚。

泽尔达答应了他的求婚——然而不能当真：她信口答应过许多人的求婚呢。之后，泽尔达悔婚。菲茨杰拉德刚走到天堂门口，就被打进了地狱。

菲茨杰拉德那年 22 岁。绝望之中，他翻出了之前那本没出版的《浪漫的自我主义者》，开始扩写。

1919 年 9 月，他完成了《天堂的这一边》——这小说描述了一个中西部青年，如何热爱一个姑娘（以杰内瓦为原型）却被弃；如何参军；如何爱上一个纽约富家千金（泽尔达），但因为穷困，只能坐看富家千金嫁了旁人。

小说结尾是一段自嘲：

我了解我自己，但也就如此了。

1919 年 11 月，小说尚在制作时，菲茨杰拉德恳求编辑："能不能加速出版？我的命运寄托在这本书的成功上！"

次年春天，小说出版，立刻畅销，首印三千册三天内卖完，一年内销售十二版，近五万册。于是泽尔达回心转意，1920 年 4 月 3 日，她嫁给了菲茨杰拉德，遂成就金童玉女。

小说中，盖茨比富贵了，得到了他的黛西。

现实中，菲茨杰拉德富贵了，得到了他的泽尔达。

又三年后，夫妻俩去了巴黎。

至此，菲茨杰拉德自己就经历了《了不起的盖茨比》式的情节：穷男生爱上一个姑娘，失败；穷男生陡然发达，富家女回心转意。

虽然不是同一个姑娘，但他追的两个姑娘，都可以看作盖茨比的黛西。

小说里，盖茨比被黛西（以及热爱黛西的梦想）控制了。

现实生活中，也差不多。

关于菲茨杰拉德在巴黎的生活，海明威在《流动的盛宴》里，提到几个细节：

——菲茨杰拉德每次企图写作时，泽尔达就拉起他到处灯红酒绿、连夜痛饮，不让他得丝毫安生。

结果，菲茨杰拉德也习惯了酗酒。

——泽尔达会很任性地把汽车留在另一个城市，让菲茨杰拉德坐火车去那个城市，把车开回来。

——泽尔达拒绝给车加够油，还说美国车和欧洲车不一样。

——泽尔达欺骗了菲茨杰拉德，让他相信自己性功能有问题："你尺寸不对，换别的女人，根本不要你。"菲茨杰拉德信以为真，从此对泽尔达是言听计从。

海明威认为，泽尔达有控制欲，所谓"鹰不肯分食"。

1925年，菲茨杰拉德的《了不起的盖茨比》出版。海明威说他初见菲茨杰拉德时印象不算好，但读完《了不起的盖茨比》后，他觉得"能写出这样小说的人就是个了不起的家伙"。

但菲茨杰拉德写作《了不起的盖茨比》时，泽尔达除了"鹰不肯分食"地霸占他、搅扰他，还自顾自跑去海滩游泳、舞会欢闹。她认识了一个飞行员，跑回来要求跟菲茨杰拉德离婚。好笑的是，那飞行员还蒙在鼓里，全然不知道这出闹剧。

闹离婚的事平息后不久，《了不起的盖茨比》出版了。菲茨杰拉德原本想的题目是：《长岛的特立马乔》《特立马乔或盖茨比》《金帽盖茨比》《高跳爱人》。

但泽尔达一锤定音，决定了《了不起的盖茨比》这个书名。

是的，连书名都是泽尔达起的。

不妨说，菲茨杰拉德，作为盖茨比自己的原型，在写这本书的时候，都在被他的黛西折磨着。

菲茨杰拉德的许多小说——《松包蛋》《冬天的梦》《最后一个南方女郎》等等——女主角大多有一个共性：南方女郎，美丽，如梦似幻，高不可攀；同时，任性自私，近乎残忍。

男主角永远带着中西部男孩们的腼腆，只能任由璀璨明亮的女主角，展示给他们看全新的黄金世界，然后被无常的命运折磨。

男主角总是一度接近幸福，然后不知不觉间，就被当作玩物放弃了，梦想破碎。

大概，黛西不是个具体的人，而是菲茨杰拉德或者盖茨比的一整个梦想，一系列小说女主角。盖茨比，就是菲茨杰拉德自己。

小说中，盖茨比以一种创造性的狂热，将自己投入这个幻梦之中，不断添枝加叶，用一路飘来的每根绚丽羽毛，缀饰起了一个梦——菲茨杰拉德自己也是如此。

在他笔下，黛西是财富，是美丽，是爱情，是那盏绿灯，那"一年年在我们眼前渐渐远去的纸醉金迷的未来"，以及美国梦本身。是那仿佛"只要你努力，只要你像盖茨比那样不懈追求，最后你总会得到这一切"的幻觉。

小说里，盖茨比死后，黛西也就不管他了。

现实生活中，泽尔达后来精神失常，给菲茨杰拉德很大的压力。而菲茨杰拉德酗酒过度，四十来岁就过世了。

大概写作《了不起的盖茨比》，写出那个悲剧结局时，菲茨杰拉德内心深处，应该多少明白，自己终将与盖茨比经历类似的命运：这部小说，简直完美预言了他的未来。但他还是这么，一直走下去了。

小说第十章，在盖茨比死后，叙述者尼克去看了盖茨比活着时的一些记录。

年轻时，盖茨比逼自己遵循这么个时间表：6点起床，6点15分到6点30分力量训练，7点15分到8点15分学习电工，8点30分到16点30分工作，16点30分到17点运动，17点到18点学习仪态，19点到21点学习科技；不抽烟不喝酒，每周读一本好书。

听上去很励志。这也是菲茨杰拉德自己曾经的努力。

但小说中的盖茨比，并没因他的努力奋斗，就得着好报。

现实中，亦然。

在1937年见面之前，菲茨杰拉德内心始终保有杰内瓦的无瑕形象。他不见她，就是为了"保持那幅完美画面"。1937年那次会面，令他们彼此失望，但那其实不意外。

那时，他们都老了，也变了。他们像盖茨比和黛西，还以为彼此是希望绿灯，但其实，"那个梦已经丢在他背后了"。

盖茨比了解一个梦境的虚幻，却依然以无限热情，将自己殉身不恤地投进去，而终于殉梦而死。菲茨杰拉德写了这样一个人，然后加上"了不起"这个形容词，再将之杀死，顺便亲手给黛西定下了负面基调。但直到小说写完整整十二年后，他还保留着心目中的杰内瓦："她是我第一个爱过的女孩儿，我如此坚定地避免见到她——直到这一刻——就是为了保持那幅完美画面。"

大概，盖茨比经历的一切，菲茨杰拉德自己也经历了。菲茨杰拉德明知道自己可能经历类似的悲剧，写出来了，但终于还是逃不脱这飞蛾扑火的命运。

之所以盖茨比这个梦想的破灭，可以在一整个世纪里，让一整个世界的人喟叹，是因为这小说，构造了人类最古老、最天真、最直接又最纯粹的梦想，无限热情地拥抱、放大、膨胀到不真实：你觉得如此努力，你总会成功——但你还是会失败。

菲茨杰拉德按照自己塑造了男主角，写出了一个悲剧结局，显然他早已洞悉这一切秘密，知道了梦境的美丽与空虚，知道追求这一切不会有什么好结果。

但主角和作者自己，还是依然奋不顾身，以身殉梦而去了。

比悲剧的结尾更让人伤感的，是明知道是悲剧，明知道会是这么个结果，依然一路走过去的过程。

小说里，盖茨比一直望着黛西的那盏绿灯。

黛西 NO.2

1918年
菲茨杰拉德遇到泽尔达

盖茨比与黛西分手　**1917年**
菲茨杰拉德参军

1916年
·菲茨杰拉德与杰内瓦分手，
原因是杰内瓦父亲反对

1915年
杰内瓦与菲茨杰拉德相遇相爱

1896年
菲茨杰拉德出生　黛西 NO.1

1940 年
菲茨杰拉德去世

1937 年
再次与杰内瓦见面，失望

1925 年
· 《了不起的盖茨比》出版

· 菲茨杰拉德与泽达尔离婚

1920 年
· 《天堂的这一边》出版并畅销

· 菲茨杰拉德与泽达尔结婚

盖茨比与黛西结婚

1919 年
以自己和泽达尔为原型
创作《天堂的这一边》

他相信只要够到那个绿灯，一切梦想都会实现。

现实生活里，菲茨杰拉德住在曼哈顿时，也能看见泽尔达家的灯火——那就是菲茨杰拉德自己的绿灯。

那时，他也相信过，只要自己出书了，发财了，取得世俗意义上的成功，就能攫住那盏灯，获得那个爱人，实现一切幸福的梦想。

而我们知道，最后，无论是虚构的盖茨比，还是现实生活中的菲茨杰拉德，都在这追逐的过程中，在小说结尾所谓"我们奋力划行，逆水行舟"之中，遭遇了残忍的命运。

海明威的爱与巴黎

　　巴黎植物园后门出来右转，走上一段，右手边是巴黎六大，左转上一条斜坡，就是勒穆瓦纳主教街。

　　故老相传，1921年，39岁的詹姆斯·乔伊斯在勒穆瓦纳主教街71号写完了《尤利西斯》。

　　一年后，22岁的海明威入住了勒穆瓦纳主教街74号。

　　如今那里还挂着个牌子：欧内斯特·海明威，1899—1961。1922年1月到1923年8月，他曾与妻子哈德莉住在本建筑的3楼。

在他著名的《流动的盛宴》里，海明威自己承认过他在勒穆瓦纳主教街的住处是个两室公寓，没热水，没洗手间，只有一个便桶。但对蹲惯了密歇根户外厕所的海明威而言，也没什么不便。

按他的描述，春季早晨，哈德莉犹在酣睡时，海明威自己会早早开工。窗口大开，雨后的鹅卵石街道渐干。阳光晒干窗对面那些屋子的门面。商店的百叶窗犹未打开。牧羊人吹着风笛沿街行来，看有要买羊奶的客人拿了罐付钱，他便挤了羊奶进罐。他的牧羊犬在旁将其他羊赶上人行道。羊群扭颈四顾，活像观光客。

只是对那时还穷困的海明威而言，周遭风景不错，有张弹簧软垫的好床，墙上有喜欢的画儿，就算惬意快活了。他走到左岸莎士比亚书店借了书回家，就心满意足，跟太太哈德莉大叹走运。"我们回家吃饭，我们吃一顿好的，从窗外那个合作商店买点博纳红酒喝——你看窗外就看得见酒价了。回头我们就读书，然后上床，休息。"

"而且我们只爱彼此，永不变心。"

"永不变心。"

然而像一切誓言似的，这段话并没兑现。

海明威也曾说过："巴黎是一场流动的盛宴。"但他终究离开了巴黎。

1925 年 7 月 21 日，海明威在二十六岁生日这一天，开始写他第一部长篇小说《太阳照常升起》。八个星期后，小说完成，时序入秋，大他八岁的太太哈德莉去奥地利过冬，海明威则在家修改稿子。1926 年 1 月，一个大海明威四岁的时尚杂志女编辑波琳·法伊芙，成了哈德莉的朋友，加入了他们夫妻的度假生活。

波琳在密苏里大学学习过记者专业，正经在克利夫兰、纽约和巴黎的 Vogue 杂志工作过，了解美国出版行当，她建议海明威将小说交给斯克里布纳之子出版公司。海明威遵从了。这是第一次，海明威没有听从妻子哈德莉的意思。很多年后，在《流动的盛宴》里，海明威如是说："丈夫工作结束后，发现身边有两个漂亮姑娘，一个是新奇而陌生的；如果他该倒霉，他就会同时爱上这两个人的……所有邪恶都是从清白纯真中开始的……你开始说谎，又恨说谎，这就毁了你……"

过了年后，1926年3月，海明威去了趟纽约，跟出版商谈出版事宜。依照多年之后海明威的说法，他应该回到巴黎，立刻坐第一班火车去奥地利，和哈德莉会面，但他爱的那位姑娘正在巴黎，"因此我没有乘第一班火车，也没有乘第二班、第三班"。

1926年春天，哈德莉知道了海明威与波琳的私情。与此同时，海明威将《太阳照常升起》改出了一个哀伤悠远的结尾。1926年夏天，哈德莉要求与海明威分居。同年10月，《太阳照常升起》出版。11月，哈德莉要求离婚。

终于在1927年1月，海明威与哈德莉完成了离婚手续。又过了四个月，他与波琳结婚，并皈依了天主教。

10个月后，他和怀孕的波琳一起离开巴黎，回到了美国，就此告别了他著名的巴黎岁月，告别了他后来所说的，巴黎这个"流动的盛宴"。

波琳产子并不顺利，一度有难产的征兆。海明威据此，写出了《永别了，武器》结尾中催人泪下的妻子难产而死、丈夫独自离去的场景——虽然现实中，波琳并没有死去。

波琳家境殷实，海明威因此在美国过得颇为滋润。1930年底，海明威因车祸右臂受伤，住了七个星期医院，长达一年间举动困难，波琳照顾着他度过了一切。

但海明威似乎并不满意。病痛的经历，富人的生活，他却在想些别的。

1933年，海明威和波琳去东非玩了十个星期，这段旅途为海明威提供了无数非洲故事的素材。凭借这些经历，他写出了著名的《非洲的青山》《乞力马扎罗的雪》和《弗朗西斯·麦康伯短促的幸福生活》。

然而在这些小说里，都有一个家境殷实，但并不了解主角内心的女主角。

著名的《乞力马扎罗的雪》之中，主角在打猎途中腿受伤，在等死，在回忆。他要求女主角帮他截肢，或者杀了他。主角全篇一副绝望的样子，女主角则并不理解他的内心。

小说里写道：

对于正在来临的结局本身，他并没有什么好奇心。多年来结局问题一直困扰着他，但现在结局本身却没有任何意义。真奇怪，一旦疲惫透了，达到这种状态是多么轻而易举。

有些东西他一直攒着没写，原想等思路足够清楚了再写，写好些，现在永远不会写出来了。嗯，这样也好，不必品尝写作失败的苦果。也许那些东西是永远写不好的，那正是你一再拖延，迟迟不动笔的原因。算啦，现在他永远不会知道了。

女主角也承认：

　　在巴黎你绝不会出这种事。你一直说你爱巴黎。
我们原本可以待在巴黎的，要不随便去哪儿都行。
去哪儿我都愿意。我说过不管什么地方你想去我都
跟着。

而主角咒骂：

　　你那些该死的钱！

　　《乞力马扎罗的雪》之中，凝聚了海明威对过往岁月
的怀念，对自己耽于逸乐的不快，对与波琳的婚姻的不
满，对美国和有钱人的憎恨。

　　小说开头念叨，说豹子死在非洲最高峰乞力马扎罗，
"上来是为了寻找什么，尚未有人作出过解释"——那也

可以看作海明威的自况。

小说结尾，主角死在了非洲，告别了女主角。

同年的小说《弗朗西斯·麦康伯短促的幸福生活》里，海明威还让女主角在打猎时，有意无意地间接杀了男主角。不妨认为，海明威是通过这两篇小说和波琳告别。

《乞力马扎罗的雪》发表一年后，海明威和波琳开始分居，别有缘由。

1937年西班牙内战爆发，海明威支持共和军，波琳支持国民军。海明威身为战地记者去到前线，在那里遇到了前一年圣诞节时，在美国认识的记者玛莎·戈尔霍恩。她与哈德莉一样是圣路易斯人，与波琳一样曾为巴黎的 *Vogue* 杂志工作。而且用旁人的话说，"她从来不像其他女人那么宠着海明威"。海明威和这个独立自主的姑娘又有了私情——海明威不是个安分的男人。1939年，海明威与波琳漫长痛苦的分居有了结果，他去了古巴住着。1940年，他和波琳正式离婚。

但海明威和玛莎·戈尔霍恩的感情也不算很美好。二战结束，他依然怀念巴黎，回巴黎住进丽兹酒店——他当年住不起的地方——和侍者们一起回忆菲茨杰拉德。1945年，他接到消息，说玛莎要跟他离婚。海明威掏出一张玛莎的照片，扔进马桶里，朝照片开枪。

当然，之后他又有了第四任妻子，这是后话了。

1964年，海明威死后三年，他关于巴黎的随笔集《流动的盛宴》出版，主要记述他的巴黎岁月，他与哈德莉的患难之情。最微妙的是，全书没有提及一次波琳的名字，只是用"我爱的那个姑娘"做指代。

在海明威那次，本该坐第一班车去奥地利，但"因此我没有乘第一班火车，也没有乘第二班、第三班"的偷情故事之后，《流动的盛宴》如此写道：

后来，火车沿木材堆开进车站，我又看见了站在月台上的妻子，这时我想，如果我不爱她而去爱别人，真不如死了的好。

2009年，波琳和海明威的孙子推出了《流动的圣节》新版，补全了许多关于波琳的情节。因为值得一提的是，初版《流动的圣节》是海明威的第四任妻子校订过的。

我们也无法确认新版的《流动的圣节》就是海明威对波琳的真实想法。毕竟，他有太多位夫人，太多段婚姻了，而各位夫人在各种故事里，形象都不太一样。

只有一点是确定无疑的，海明威在写作《永别了，武器》，写到那位难产待死的妻子时，想到的是波琳。他去东非打猎，此后不断回忆起非洲并写作他的狩猎故事时，波琳总在他身边。波琳成全了海明威笔下最辉煌、最有名的一些故事，这是无法抹去的——尽管在海明威后来的回忆录里，她被描述得有些邪恶，连名字都无法留下。

而哈德莉呢？海明威如是说：

那个姑娘（指波琳）欺骗她的朋友是件大错事，但没放弃她是我自己的错误与盲目。卷进这场三角恋，还爱上了第三者，我承担所有责任，就独自衔着悔恨过活。

悔恨日夜从未逝去，直到我妻子（指哈德莉）另嫁了一个远比我强的男人，直到我知道她确实快乐了。

以及：

这就是早年巴黎的样子，那时我们非常穷，但非常快乐。

1928 年
与怀孕的波琳离开巴黎

根据难产的征兆写出了
《永别了，武器》结尾

1926 年
春天
与波琳的私情曝光

改写《太阳照常升起》结局

1925 年
7月21日 生日当天

开始写《太阳照常升起》

2009 年

波琳和海明威的孙子推出了《流动的圣节》新版，补全了许多关于波琳的情节

1933 年

海明威和波琳去东非

创作《非洲的青山》《乞力马扎罗的雪》和《弗朗西斯·麦康伯短促的幸福生活》，《弗朗西斯·麦康伯短促的幸福生活》被视为与波琳告别

海明威手稿

海明威情人节写的情书

♪ 贝多芬和他被曲解的传说

　　在一个传说里，贝多芬在月夜散步，听见一位十六七岁的盲姑娘——鞋匠的妹妹——在弹自己的曲子。

　　他进门，看见月光与大海，便即兴为鞋匠兄妹弹了一首曲子。然后自己跑回客店，花一夜时间记录了曲子，名曰《月光奏鸣曲》。

　　嗯，至少我读小学时，人民教育出版社义务教育课程试验标准教科书《语文》六年级上册第二十六课的课文，是这么写的。

　　在现实世界里，贝多芬从来没有写过标题为《月光奏鸣曲》的曲子。

31 岁那年，他写了一首名为《升 C 小调第十四钢琴奏鸣曲》的曲子，第一乐章气氛朦胧。

后来，许多学者纷纷发表意见。

文笔华美、性情浪漫的法国音乐家柏辽兹认为，这曲子仿佛哀歌。

阿诺德·谢灵先生认为这曲子的氛围，活像莎士比亚的《李尔王》。

多年之后，比贝多芬小 29 岁、想象力活泼的音乐评论家路德维希·莱尔斯塔勃先生——他老人家一度垄断了法兰克福的音乐评论界，为舒伯特和李斯特写过歌词——拍出了宏论：

这不是哀歌，不是葬礼，不是《李尔王》，而是"仿佛琉森湖夜晚的月色"！

莱尔斯塔勃先生说这些话时，贝多芬已经过世，有意见也没法爬出来反对。于是这曲子就成了我们所知道的《月光奏鸣曲》。

所以，贝多芬生前没写过《月光奏鸣曲》。

是他过世之后，才由评论家们把他的一首曲子，起名叫《月光奏鸣曲》。

至于为何会牵连出盲姑娘、大海与月色的神话，那就是一个更费脑的故事了。

不过，这曲子确实和一位姑娘有关系。只是，那不是位盲女。

1801年，31岁的贝多芬有一位19岁的女学生——裘里耶塔·圭怡蒂尼，西里西亚一位世家出身的姑娘，刚以美貌震惊了维也纳上流社会。

有一个传说：贝多芬将这首《升C小调第十四钢琴奏鸣曲》——以后我们还是叫它《月光奏鸣曲》吧——献给了裘里耶塔。

另一个传说里，贝多芬原本要题献给裘里耶塔的作品是《C大调轮舞曲》，但该作品由于某些原因，先已经题献给里奇洛乌斯基伯爵夫人。贝多芬于是在最后一刻决定，将《月光奏鸣曲》改为题献给裘里耶塔。

但这故事结尾并不算美好：1803 年，裘里耶塔嫁给冯·加仑伯格爵爷，然后搬去了那不勒斯。

所以，贝多芬是爱上裘里耶塔了吗？

不一定。

贝多芬在 1812 年 7 月 6 日至 7 日，在特普利茨写了一封情书。

当时，收件人是所谓"不朽的挚爱"。

这个不朽的挚爱是谁呢？学者们讨论了很久。

贝多芬的传记作者申德勒在 1840 年认为，这个不朽挚爱啊，就是裘里耶塔。

按照他的说法，贝多芬爱上裘里耶塔，献一首曲子给她，后世命名为《月光奏鸣曲》，听上去合情合理？

但后来又有许多人认为，这个不朽挚爱，不是裘里耶塔，而是她的另一名女学生——特蕾莎·布伦斯维克。

可是，特蕾莎自己在日记里写，贝多芬爱的，是特蕾莎的妹子约瑟芬·布伦斯维克。

好一笔糊涂账啊！

那，话说从头。

特蕾莎和约瑟芬姐妹俩，都是贝多芬的钢琴学生。

约瑟芬嫁给了戴姆伯爵。

1804 年伯爵死于肺炎，贝多芬开始跟约瑟芬频繁见面。

1807 年，他们见面少了。1810 年，约瑟芬嫁给了斯塔克尔伯格男爵，1812 年 6 月分居。

1821 年，约瑟芬逝世，时年 42 岁。贝多芬创作了他最后一部钢琴奏鸣曲，被学者认为有《安魂曲》的风格。

特蕾莎在日记里感叹过：

"为什么约瑟芬都守寡了，还不跟贝多芬结婚！明明他们是为彼此而存在的！她为了母爱放弃了自己的幸福！她不能让子女失去贵族身份，所以无法嫁给平民贝多芬！

"贝多芬拥有如此的才华，却不快乐！他和约瑟芬都不快乐！

"我很幸运能与贝多芬亲密又理智地相知多年，可是贝多芬和约瑟芬，那是为彼此而生！"

1957 年，贝多芬有 13 封写给约瑟芬·布伦斯维克的情书被发表了。

嗯，大概就是这样了。贝多芬那位不朽的挚爱，求而不得的爱人，是约瑟芬。

但……还记得那个"盲女与月光"的故事吗？

特蕾莎的日记里，还有一段，记述了一个星期日的晚上，贝多芬坐在月光下的钢琴前，此时特蕾莎和她哥哥弗朗索瓦一起看着贝多芬，贝多芬就弹奏了一首传情达意的曲子。

这个故事，就有点像我们课本里所谓的月光曲传说了。

但问题是：

这段月下弹琴的事情出来时，贝多芬那首《月光奏鸣曲》，也就是《升C小调第十四钢琴奏鸣曲》，都写出来五年了。

所以，前因后果，大概是这样吧：

贝多芬曾写了一首钢琴奏鸣曲，献给了裘里耶塔。

贝多芬过世后，他这首给裘里耶塔的钢琴曲，被评论家命名为《月光奏鸣曲》。

后世许多人传说，他的真爱是裘里耶塔。

然而，贝多芬自己爱上了约瑟芬，但不能和她在一起。

他又曾经在月光下，为约瑟芬的姐姐特蕾莎，弹过一首曲子。

然后，莫名其妙就出了这么个故事：贝多芬在月光下，为一个盲女弹琴，并创作了《月光奏鸣曲》。

明明《月光奏鸣曲》、贝多芬的挚爱和月下弹琴，事关三个不同的女性，却被糅在了一起。

真是一笔张冠李戴的糊涂账啊！

这仿佛就是《升 C 小调第十四钢琴奏鸣曲》该有的命运：本来简单的一首钢琴曲，但被起了个"月光奏鸣曲"的名字，被安上了不属于自己的传说，连女主角都七弯八拐的。

最后编出来的故事呢，被以讹传讹。而其中的幽微情感，却随着贝多芬一起，消逝了。

1802年出版的第一版《升C小调第十四钢琴奏鸣曲》乐谱

叫作韦罗妮可的"包法利夫人"

韦罗妮可·德尔芬·库图丽尔这个法国姑娘，1822年2月生在法国最北的滨海塞纳省，大西洋边上。17岁那年的秋天，她嫁给了一个鲁昂乡村医生欧仁·德拉马尔。先生大她10岁，正经学过医。婚后，两人在鲁昂附近的利村，过着平淡无奇的日子。1848年，《鲁昂报》登了韦罗妮可的讣告：她死于26岁。那年秋天，她的丈夫也过世了。

听上去像个平淡无奇的悲情故事？

但当地人都说，韦罗妮可死得没那么简单。她死于自尽，用了氢氰酸。

在至今流传下来的，约瑟夫·库尔特为她作的唯一一幅肖像画中——当时韦罗妮可 22 岁——看得出来，韦罗妮可着实是个美人。这样的美人，在鲁昂乡村里，过着单调的生活。据说，她因为婚后寂寞，心思活络，情人颇多，债台高筑，无可偿还，于是轻生寻了短见——当然，只是据说。

您觉得这个故事，有些耳熟吗？

韦罗妮可的丈夫当年学医时的师父，是阿谢尔·福楼拜。

阿谢尔先生有个儿子，比韦罗妮可大一岁，叫作古斯塔夫·福楼拜。

1857 年，即韦罗妮可过世九年后，古斯塔夫·福楼拜出版了传奇的《包法利夫人》。

书中描述一位叫艾玛的姑娘，嫁给了乡村医生包法利，婚后寂寞，心思活络，情人颇多，债台高筑，无可偿还，于是轻生寻了短见……

哦，对了，为韦罗妮可画像的约瑟夫·库尔特先生，也是福楼拜家族的肖像画家。

不，这并不只是"福楼拜听说了师兄的家庭绯闻，于是写下来了"那么简单而已。

韦罗妮可过世那年，福楼拜27岁。那个时期，他与许多年轻作家一样，热爱维克多·雨果，热爱浪漫主义。到而立之年，福楼拜成熟了，之后他嫌过雨果的写作风格"不够科学"。众所周知，福楼拜此后发挥血液里医生老爸的基因，开始写内敛客观的小说。

他的一种招牌写作法，是描述包法利夫人及其他庸人眼里看到的"浪漫生活"，以便反讽。他喜欢《堂吉诃德》，《包法利夫人》也确有《堂吉诃德》的意思，主角都想入非非，幻想自己过着不现实的日子。福楼拜喜欢嘲弄庸俗的浪漫主义——就像今时今日，大家都爱取笑矫情做作想入非非的人。

但福楼拜自己，却又明白地说过："包法利夫人，就是我。"

等等，哪里"就是我"了？

福楼拜在后期写的《情感教育》与《布瓦尔和佩居谢》中，对待主角都要冷漠得多，嘲笑起人类的愚蠢和矫情来，更加不遗余力。相比起来，《包法利夫人》里，他在嘲弄"这位妇女心思又活络了"之余，多少带点"这也难免唉"的意味。乍看上去，福楼拜是以上帝视角沉静叙述，冷冽克制，把那个心思活络、附庸风雅的包法利夫人写死了，但对包法利夫人的情感细节，他还多了几分——相对于后期风格而言——温柔。大概，对待包法利夫人，福楼拜还不那么铁石心肠。这让人难免会好奇：福楼拜究竟是想讽刺包法利夫人矫情，还是对她的矫情作态，稍微有那么一点点怜悯？

这是我的一点私人揣测：

某种程度上，韦罗妮可的死，赶在了福楼拜 27 岁那年，恰好是他从略带矫情的青春浪漫主义转向的时刻。《包法利夫人》是他对这段时光的自省和自嘲，但他在"我已经成熟了"的同时，还没有对自己那段时光下狠手。大概，他可以理解韦罗妮可这种女性的心情。她是个胸怀浪漫理想的庸人，死得也不算冤枉，但说到底……谁没年轻过呢？

每个人或多或少，都抱有两种倾向：一面是略带矫情、心思活络、想入非非；一面是反省往昔、决心不再矫情、觉得自己已经成熟了。但以后一种成熟心态，回看前一种心态时，多少会心存一点点怀念，一点点怜惜。

这大概就是福楼拜听到韦罗妮可死讯时的心情吧？

玛尔黛与波纳尔：占有欲与爱情

据说他俩相遇在 1893 年的某天，在巴黎。

她那时自称玛尔黛·德·梅里妮，16 岁，在一个卖花给葬礼的花店打工。因为刚来巴黎，还不习惯交通，他扶她过马路，因缘际会，开始聊天。

他，皮耶尔·波纳尔，那年 26 岁了。很多年后，他将会作为一代传奇画家、纳比画派大师而留名于世，但那会儿，他只是个 26 岁、留了一把犹太人式大胡子、羞于说话的孤独青年。五年前他获得了律师营业执照，却不想当律师，只想当画家。三年前，他认为"一幅画就是表面覆盖着按特定顺序组合的颜色"。他喜欢画画，也爱平面装饰艺术，喜欢设计家具、织物、扇子和版画。他认为："我们这一代人一直在寻找生活与艺术的连接。"所以他不希望自己画的画过于象牙塔，过于空中楼阁。他想画日常的东西。

然而他爸爸，一位参加过普法战争的军官，根本不相信他在画画这条路上能走远：就他这三棍子打不出一个屁的小子！

玛尔黛成了波纳尔的情人与模特，当然这是个秘密。他没法将这个女朋友介绍给自己专横的父亲，只租了套简陋的单间公寓，两人同居，故事从此开始。

19 世纪末，全世界的艺术家都在涌向巴黎。波纳尔身为巴黎本地人，却时常去乡间隐居，安静地画玛尔黛。1910 年，他俩直接就离开了巴黎，搬去了南部。

当波纳尔发现，玛尔黛也不喜欢别人注视她——除了波纳尔自己——之后，大感相见恨晚。于是他们俩出门时，哪怕是晴天，波纳尔也带着伞，遮盖住玛尔黛，保护着她。

波纳尔说他并不拘泥题材。他总是走着，忽然想到一种色调混合方式，就做个笔记，然后回家，"回想，睡觉，做梦"，画他梦见的东西。然后，就是各种模样的玛尔黛。

学者菲利普·胡克认为，波纳尔"过着安静规律的家庭私生活"。而过这生活的缘故呢？"他妻子要规律地洗澡"。

听来很荒诞，但的确如此。

玛尔黛自认为身体不好，精神时常惶惑不安。后来有研究者认为，她每天要洗澡两三次，部分是由于强迫症。总之，玛尔黛一旦久不洗澡，便感到全身疼痛。

她喜欢洗澡，不愿出门见人。但她愿意让波纳尔画她、给她拍照，画她的出浴镜头。也许她相信，波纳尔一直在保护她——实际上也是如此。虽然时光流逝，玛尔黛的健康状况日益糟糕，体态不断枯萎，容貌渐渐憔悴，但波纳尔总是将她画得夸张的年轻，无比的美丽，而且很健康，仿佛这样也是一种祝福和保护。

但玛尔黛又并不是个内向的人。英国作家蒂莫西·海曼认为，玛尔黛是个敏感的精灵：她不乐意出门，却会在家里穿着华丽，踩着高跟鞋跳来跳去，仿佛羽毛鲜艳的鸟儿。她带着波纳尔一起拒见生人，却喜欢在家里接触猫和狗。据说，她占有欲极强，情绪上来时，有一种对绅士们而言"怪异的野蛮和鲁莽"。她不喜欢波纳尔那些风度翩翩的朋友，于是波纳尔也就越来越与世隔绝。

她不想见人，于是他也跟着不见；她占有欲强，而他也就任她占有。她身体不好，又有强迫症，酷爱洗澡，他就以她为模特来画画。

他俩就这样，你情我愿地，离群索居。

但他俩一直没结婚。

时间长了，自然会有波折。1918年，50岁的波纳尔遇到了一个叫勒妮·蒙查蒂的美人。据说他们之间保持着奇妙的关系，长达七年。

之后，谁都不知道具体发生了什么。然而结果是，1925年，玛尔黛与波纳尔结婚了——在他们初次相遇、彼此扶持32年之后。

直到那时，玛尔黛才告诉波纳尔一些真相：

哪怕对波纳尔这样的至亲至爱，她也没有说出一切实话。

她初次遇到波纳尔时，不是16岁，而是24岁。她的真名叫玛利亚·布尔辛。她有个妹妹，她偶尔会和妹妹喝咖啡，说自己有一个艺术家情人，就这样。

多么奇怪，他们已经在一起了32年，可是波纳尔刚知道她真实的名字和年龄。

传说在他俩结婚一个月后，勒妮·蒙查蒂自尽。一个传说是她死在一个浴缸里；另一个说她在床上铺满花，然后躺在花上自杀。这两个传说似乎都在指向玛尔黛。当然，终究只是传说而已。

1930年，波纳尔写了封信给朋友：

> 我现在尽量过着离群索居的规律生活，因为玛尔黛已经抵制社交生活了，所以我也得尽量少接触人。

那时，波纳尔要去咖啡馆见朋友时，会告诉玛尔黛："我出去遛狗。"

没有人知道他们俩是谁在拉扯着谁。有一些人相信，玛尔黛拖累了波纳尔，让他无法去社交。但另一些人认为，玛尔黛成全了波纳尔，或者说，是波纳尔选择了这样的孤独生活，玛尔黛简直是为他定做的伴侣。

他们就这样离群索居着，沉默地度过人生。

1942年，玛尔黛过世。她年轻时，医生曾经根据她的身体状况，猜测她大概会在四十岁前后死去。但大概因为和波纳尔在一起颇为快乐，她活到了跟波纳尔相逢49 年之后，73 岁的年纪。

　　到这时候，波纳尔的家庭和玛尔黛的妹妹，才知道了他们的夫妻关系。波纳尔给玛尔黛举行了葬礼，告诉了他为数不多的朋友："我妻子去世了。"

　　他写了一封信，给另一位大师、他的好朋友亨利·马蒂斯：

　　我亲爱的马蒂斯：

　　　　我有些悲伤的消息给你。经过一个月的病痛折磨，她的肺和消化器官都被感染了，我可怜的玛尔黛死于心脏骤停。六天前，我们把她葬了。你可以想象我的难过和孤独，我心中充满了苦涩，以及对从此之后生活的忧伤。我在这里待着，还好有我的一个侄子陪伴。

之后，我可能会有勇气，四处走走，到尼斯来访问你。

你的波纳尔

玛尔黛过世两年后，亨利·卡蒂埃·布列松拜访了波纳尔，给他拍照。在他的照片里，波纳尔仿佛一个幽灵：在空荡荡的，没有玛尔黛的房间里，波纳尔的身影飘忽而孤独。

又过了一年，波纳尔去了巴黎，可是离群索居久了，他已经厌倦了城市。被请去参观卢浮宫时，他说："博物馆里最好的东西是窗户。"

大概，从窗户望出去，他能稍微逃离一点城市的氛围。

玛尔黛死后，波纳尔又活了五年。这五年里，他没有玛尔黛可以画了，就开始改画风景。1947 年，他去世了。

就像很多年以来，他一直默默地弯着腰，伸出伞，保护着她的脸似的；就像很多年以来，他一直画着她，但经常用色彩把她美化成另一个人似的。

实际上，他的一生，只有在给马蒂斯那封信里，真正谈到自己的绝望和忧伤。

现在我们说，波纳尔是个传奇画家。可是他这么喜欢画日常生活中和妻子的亲密场景，所以有人开玩笑说，他的风格是"亲密主义"。

后来，评论家杰德·珀尔写道：

波纳尔是20世纪所有伟大画家中最与众不同的。支撑他的不是传统的绘画结构和秩序观念，而是某种独特的视觉组合，以及品位、心理洞察力和诗意。他还具有一种可以被描述为感性机智的品质——一种对绘画作品的本能。

然而，朱利安·巴恩斯有一个观点："波纳尔描绘的不是玛尔黛的肖像，而是她的存在及其影响。"

所以，波纳尔作为画家创作的那些作品，以及他的职业生涯，其实是玛尔黛一手制造的。

他有洞察力，他聪慧，他感性——但被爱人带着离群索居，甚至不太知道爱人的秘密。

但反过来想，那又如何？

这对社交恐惧症的伴侣似乎缺失了许多伴侣应有的东西，但他们自有其他伴侣所没有的，于是找到了相处方式。

考虑到他们的情感经历，也许那才是最重要的。

即便他们到认识 32 年之后才正式结婚，才知道真实姓名。

米列娃与爱因斯坦：理工科爱情故事

　　本故事的主角米列娃，1875 年生在当时属于奥匈，如今属于塞尔维亚的蒂泰尔。

　　出生后不久，她的军人父亲就退役，带全家去了萨格勒布生活。

　　18 岁那年，米列娃搬到了瑞士苏黎世。

　　那个时代对女性不算友好，据说，米列娃是一路考到各种许可，才进了苏黎世当时专门"为少女提供高等教育"的"特别学校"，得以继续求学。

　　20 岁，她去苏黎世大学学了一段时间的医疗，便决定转向当时少有姑娘肯学的数学与物理。

米列娃在年满 21 岁的那个秋天，去了苏黎世联邦理工学院。值得一提的是，当时讲德语的地区，女性都不太有机会接受高等教育，瑞士例外。所以她从进学院开始，就是当时罕见的女知识分子。

当时的入学考试，数学考试为 6 分制，她得了 4.25 分。她选读的是教授中学物理与数学的文凭课程，据说此前只有四个女学生在苏黎世理工学院学过这个。

当时同学一共 6 人，她是唯一的女性。

1899 年她参加中级文凭考试，平均 5.05 分。同组有位小她四岁的学弟，成绩是 5.7 分。

妙在他俩物理成绩都是 5.5 分，旗鼓相当，有话可聊。

学弟在 1899 年 10 月给她写信，谈论热能、金属与电。下一年，米列娃参加了最终文凭考试，因为数学不够好，没能通过。

没能毕业，让她心情不算愉快，好在有聪明的学弟鼓励她，给她宽解。

1901 年 5 月，学弟写信告诉米列娃，他在窗前想了两小时，琢磨出如何确定一大堆分子力作用定律。"我周日见到你时详细说！"

他们聊的，当然不只是物理学。

1901 年夏天，他俩一起去意大利度假，等回到苏黎世，她已经怀了学弟的孩子。

带着三个月的身孕，米列娃复试了一次，依然没成功。她本打算去跟物理教授海因里希·韦伯写论文的，至此也只能放弃科研之路了。

1902 年，米列娃生下了学弟的女儿。下一年，他俩结婚，搬进了一个公寓。

1903 年 1 月，学弟写信告诉好友："我结婚了，我妻子和我过得快乐又舒适。她照管一切，做饭好吃，精神愉悦。"两个月后，米列娃给朋友海伦写信："我最快乐的时光便是他跟我一起的时候。所以我常恼恨无聊的办公室工作，让他长时间忙碌。"

又一年后，米列娃生了儿子汉斯，于是兴高采烈地给海伦写信："我无法言表孩子给我带来多大的快乐，他醒来，他洗澡时踢腿，都让我开心。"

米列娃那曾经的聪明学弟、如今的丈夫，事业逐渐有成。他们有机会去大城市了。

1909 年，即他们结婚六年之后，米列娃搬家了。她在书信里如此总结："我们要离开这居住七年的城市了，七年的快乐时光，当然也有艰辛与苦涩……"

一年后，她在另一封书信里承认，丈夫成功的事业，给家庭带来的，并不都是欢愉："丈夫有了名，妻子就没法指望得到太多感情投入了。"

1910 年夏天，米列娃的第二个儿子爱德华出生，但体弱多病，需要照顾。

两年后，米列娃的丈夫遇到了他的表姐，并开始通信。

一年后，情况发展到了不可收拾的地步，家庭出现了无可调和的矛盾——丈夫得留在柏林，米列娃倾向于留在苏黎世。

到 1914 年 7 月 29 日，第一次世界大战开始的第二天，米列娃独自带着孩子们，回到苏黎世。

这段关系，终于无可挽回了。

她丈夫承诺说，每季度给她赡养费——大概相当于他当时工资的一半。但他想离婚，她不想。

1916 年，米列娃病了一次。两年后，她丈夫再次提议离婚，而且向她与孩子许诺了之后的奖金都会给到孩子们——当然，前提是米列娃接受离婚。

到 1919 年 2 月 14 日，分居五年后，这漫长的离婚终于尘埃落定。孩子由米列娃照顾。

4 个月后，已经跟米列娃离婚的这位曾经的学弟、如今的前夫，如愿以偿跟他的表姐结婚了。

又过了三年，米列娃等到了前夫答应给孩子们的奖金。她用这笔奖金购入了三处公寓，两处投资，一处自住，作为孩子们未来的保障。但八年之后，二儿子爱德华被诊断出精神分裂症，米列娃被迫卖掉两处房产来治疗。

1933 年，米列娃的前夫离开了德国。根据他的建议，五年后，大儿子汉斯去了美国。

一年后，1939 年，米列娃手头不太宽裕，被迫将自己居住的房子的所有权转让给前夫，但前夫还让她继续住在这房子里。他终究也不是无情无义的人。

米列娃自己在 1948 年逝世于苏黎世。爱德华在十七年后逝世。

汉斯后来在美国成了卓越的水利工程学能手，而且爱好航海，精擅乐器。毕竟，他的父母，都受过高等教育，是个高知家庭嘛。

一直到现在，瑞士伯尔尼克拉姆大街 49 号的二楼，还保留着当时的样子，并试图还原着 1903 年，米列娃全家刚搬进去的样子：书桌，椅子，合照。

汉斯后来谈及母亲米列娃时，说她在婚后，的确放

米列娃家的客厅。

伯尔尼老城克拉姆街49号，就是爱因斯坦1903年-1905年间的故居。

弃了科学抱负。但在婚姻中，她还是和她丈夫一起讨论他们最初的共同兴趣——物理学。

"我记得看到他们晚上在同一张书桌旁工作。"

至于米列娃对她曾经的学弟、后来的丈夫、再后来的前夫，那个在苏黎世相识，在伯尔尼共同度过了七年甜苦交加婚姻的先生，这个叫作阿尔伯特·爱因斯坦的男人，以及他那些名垂青史的成就，到底产生过多少影响，我们永远不得而知。

爱因斯坦与妻子米列娃的合照

她的一生都被莫奈留住

　　1866 年，巴黎的官方沙龙，一幅名为《绿衣女郎》的画震惊全场。这幅 231 厘米长、151 厘米宽的油画中，身着黑丝绒外套与绿色丝袍的女子背对观画者，只露半脸，光线恰好落在她脸上：细腻，幽微，疲倦，似笑非笑、莫可名状，风情万种，神秘莫测。

　　学者威廉·伯格认为，这画中丝袍"如威尼斯大师保罗·委罗内塞的质感一般美好"。厄内斯特·戴尔维利甚至写了首诗，来赞美这位身穿绿袍的神秘女子。大作家左拉则抒发宏词："你看到她那样疲倦，没法微笑、没法耸肩，你无法想象这一切刻画得多么好……这幅画气质卓然，相比于其他画作，简直是宦官堆里站了个男人！"

这个神秘的绿衣女郎是谁呢？

卡米耶·莱昂妮·东秀，双眼灰蓝的19岁少女，里昂商人家的女儿，热爱戏剧，前一年刚从里昂来到巴黎。

在巴黎，她遇到了大她七岁的诺曼底青年，来到巴黎当画家的克劳德·莫奈。

那时的莫奈，还只习惯画风景。他画勒阿弗尔海岸，画塞纳河口，画鸿弗勒尔，画枫丹白露。论起他画人的经验，不过是少年时在故乡，收费20法郎一幅，为人作画像。

那时，莫奈想作出爱德华·马奈《草地上的午餐》那般的大作，所以试画了一幅《花园里的女人们》。这幅画需要的模特不止一个，于是他熟识的模特欧仁尼拉来了卡米耶。从此，卡米耶与莫奈相识。

《草地上的午餐》，莫奈，1866年。本作致敬了马奈的《草地上的午餐》，但光影效果更明显，这也指出了他们的不同。莫奈敬佩马奈的《草地上的午餐》，但他相对更在意「户外创作」、「现场感」与光。

《草地上的午餐》，马奈，1863年

《花园中的女人们》，莫奈，1867年

为了《花园里的女人们》这幅 255 厘米长、250 厘米宽的大画，莫奈经常和卡米耶坐在一起等候半天阳光。当阳光来到后，他让卡米耶就位，自己动手……这是莫奈独立完成的第一幅、成型的大幅作品。

又一年后，莫奈照着卡米耶，完成了《绿衣女郎》。似乎是卡米耶给了他好运，莫奈第一次加入了官方沙龙，从此成了知名画家。

那时卡米耶还不知道，当初来巴黎时怀揣着戏剧梦的她，之后要经历如何戏剧性的人生。

莫奈有了点名气，然而他们的日子并不顺当。后来名闻世界的那波印象派画家，这时候还都是穷光蛋。莫奈跟远在诺曼底老家人说起了卡米耶，父亲和姑妈给的回应是，他们愿意给莫奈一栋茅屋、一笔年金，但他们不能接受卡米耶这个"没嫁妆的女人"。原话是："她应该最懂得，自己有多少价值，配不配得上你。"

1866 年，莫奈回故乡勒阿弗尔作画，一半是为了躲避债主。许多传说里，他有超过 200 幅画没来得及带走。虽然莫奈临走前把画毁了，但还是被债主拿走，按捆卖钱，以抵其债。所以，莫奈只好躲在故乡，将卡米耶留在巴黎。他委托了一名叫厄内斯特·卡巴德的医学生照顾卡米耶，酬劳是"我为你画一幅肖像画吧"。

1867 年 8 月 8 日 18 时，莫奈不在现场，卡米耶独自在巴蒂诺尔的圣路易斯巷 8 号，生下了她与莫奈的第一个孩子，让·阿尔芒·克劳德·莫奈。

莫奈终于也没辜负卡米耶的等待。1870 年 6 月 28 日，卡米耶与莫奈正式结婚。他们搬去了图鲁维，也就是布丹常画海景的度假胜地。莫奈在那里完成了《在特鲁维尔海滩上》。这幅画更确切的标题，该是《莫奈夫人在特鲁维尔海滩上》——卡米耶在画里，梳着辫子、着蓝条纹白衣，背朝大海坐着。这是幅小画，所绘的是他们在一起以来，最悠闲的时节。

一年后，夫妻俩搬去了阿让特伊。又一年后，莫奈完成了《阿让特依的罂粟》，这可能是他最清新动人的画作。这幅画上有蓝天白云，下是粗浓笔触点出的绿野上的红罂粟。

当莫奈的妻子和模特都不容易。作为莫奈的妻子，卡米耶过不上富贵生活；作为莫奈的模特，她得时常在户外走动。法国短篇小说之王莫泊桑曾旁观过1880年代莫奈的绘画方式：

"我经常跟着克劳德·莫奈去寻找印象。他已不再是画家，而是猎人。他走着，身后跟着一群孩子，他们帮他提着五六幅同一题材但在不同时刻画的，因而有着不同效果的画。他随着天空的变化，轮流拿起它们。这位讨厌弄虚作假和墨守成规的画家，面对着他的画，等待着、窥伺着太阳和阴影，他几笔就把洒落的光线和飘过的云朵采集下来，快速放在画布上。我曾目睹他这样抓住一簇落在白色悬崖上的灿烂阳光，把它锁定在一片金黄色调中，使这难以捕捉的、耀眼的光芒产生令人惊异的效果。"

但在 1870 年代，莫奈并不富贵。到 1875 年春天，他又穷到没法过日子了。莫奈的信用已经没法从肉铺里赊出账来，面包店老板见了他就一脸晦气。这一年，卡米耶得了肺结核。医生的脸色，从来是按口袋里的法郎数定的。莫奈一度可怜到"如果明晚付不出 600 法郎，我的一切会被拍卖"。他用一句话总结自己的处境："身处贫穷，往往即是罪过。"

也就是在贫穷中，1875 年，莫奈完成了著名的《持阳伞的女人》——全名是《散步，持阳伞的女人》。画中，卡米耶撑阳伞，被风吹起裙摆，身旁站着儿子让·莫奈。此画形容优雅，节奏轻快，是印象派史上乃至美术史上最经典的女性肖像之一。在卡米耶身后，明亮的阳光染白了她的阳伞尖梢，她飘动的裙摆和绿草地、黄野花交接处则是另一番色调。这幅画里，莫奈的技巧娴熟得令人感动。他的笔触自由挥洒，毫无学院派的细腻拘束之风，让全画从情景到笔触都有风飘云泻、一家郊游的欣快感。画里鲜活动人的情致，全是打热情的笔触和鲜活的颜色来的。

但是肺结核与贫穷，还是将莫奈和卡米耶逼到了巴黎郊区的维特依。

更糟糕的是，莫奈此时出了别的事。他为厄内斯特·奥施地先生作画时，与其妻子艾丽斯·奥施地勾搭上了。这段露水情缘的后续极为古怪：奥施地先生破产了，于是举家来和莫奈当邻居。

卡米耶只能看着这一切，无法拒绝。

1878年，卡米耶开始酗酒，说是为了暖暖身子，但的确，当时她身心俱疲，只能求助于酒精。为了照顾她，这年秋天开始，莫奈不敢离开维特伊了。那段时间，除了维特依村，莫奈别无可画。生活的窘迫，心情的抑郁，让他开始减少五彩斑斓的浓颜料。他开始更多用褐色和绿色这些廉价且易吸收光线的冷色调，画暗淡的雪景，让画面和他的心绪一样阴暗。

1879 年秋天，最后的痛苦时刻到来。卡米耶挣扎了四天五夜，一直清醒到了最后。1879 年 9 月 5 日早上 10 时 30 分，卡米耶逝世了，年仅 32 岁。

用莫奈的说法：

"那天，我发现自己珍爱的女人死了。我很惊诧。她的眼睛机械地注视着悲剧的时光。尸体的腐化开始了，她的脸开始变色：蓝色、黄色、灰色……很自然地，好像是希望我重现她最后一个形象。这即将永远离开我的形象。"

于是，莫奈去找了画笔和画板，看着相伴十四年、如今已经死去的心爱之人卡米耶，他开始绘画。

他用了蓝色、淡紫色、玫瑰色和白色，以漂浮不定的笔触，描绘了死去的卡米耶。《已去世的卡米耶在床上》与四年前的《散步，持阳伞的女人》，构成了美术史上最残忍的对比：当年的明媚阳光、流云浮动、芳草鲜美

莫奈
1866年
《绿衣女郎》或《卡米耶》

莫奈
1875年
《持阳伞的女人》

莫奈
1879年
《已去世的卡米耶在床上》

和裙摆飞扬，与此时的秋寒凄悲、青紫绿灰。其生也媚，其死也寂。

莫奈当时在想什么，只有他自己知道。他习惯了用画笔不带感情地记录眼前所见的一切，但在他所画的妻子生与死的比照里，你仍能看出他的感情来。或者是季节的关系，或者是穷愁潦倒所致，1879年的莫奈正经历人生寒秋，一切都在将他的画向着清寒的方向推去。莫奈认为，卡米耶的遗骸色彩"甚至在提示我该怎么画……有些色彩让人颤抖与震惊"。

大概就是如此，1865年，卡米耶与莫奈相遇，莫奈开始以她为模特作画：

《卡米耶 / 绿衣女郎》

《散步，持阳伞的女人》

《在特鲁维尔海滩上》

《红色的宽边女帽》

《海岸》

《唐菖蒲》

……

而她的死，似乎又带走了这一切。卡米耶逝去后，莫奈继续画风景，画诺曼底海岸，画森林绿树，画麦垛，画鲁昂大教堂，画他著名的吉维尼花园和睡莲，画伦敦，却几乎再也不认真画人物主题肖像画。

1886 年，莫奈分别以自己的情人艾里丝·奥施地与继女苏珊娜·奥施地为模特，画了两幅阳伞画，与曾经为卡米耶画的那幅极为相似。然而，他没有画出苏珊娜的五官——实际上，从卡米耶死去，到莫奈以 86 岁高龄结束他的传奇生涯，47 年之间，克劳德·莫奈，几乎没再画过女人的五官。

终于，他最细致动人的人物画，永远地停在了他与卡米耶最初相识时的《卡米耶 / 绿衣女郎》。

♪ 柏辽兹：为你而写的幻想交响曲

1814 年，14 岁的亨利耶塔·康斯坦斯·斯密森在都柏林的乌鸦街剧场首次登台。三年后，她在伦敦演出。她那担当剧场经理的父亲信赖女儿的美貌，然而美貌并不一定让人顺风顺水。

亨利耶塔·康斯坦斯·斯密森

直到 27 岁这个不尴不尬的年纪，她在英国都不算太成功，于是决定去巴黎碰碰运气。那会儿，英国人都传说巴黎人浮华：任何一个意大利人或英国人去那里演歌剧，都能走红。

她去了巴黎，1827 年在奥戴翁剧场，她扮演《罗密欧与朱丽叶》中的朱丽叶，随后是《哈姆雷特》中的奥菲利亚。散场后，她收到了一封情书，两封情书，三封情书，许多封情书，都来自一个小她三岁的少年。

她吓坏了，觉得自己可能遇上了精神病。

五年之后，她 32 岁，再次来到巴黎。有人给她寄来一箱子门票，请她去听一场音乐会。她按捺不住好奇心，去了。

这是场《幻想交响曲》的专门演出。她走进包厢，发现全场都在抬头看她，耳语谈论她。她觉得诧异惶惑，她发现节目单上写着她的名字。她注意到指挥席旁坐着作曲家——小她三岁的法国人赫克托耳·柏辽兹。

然后她明白这是谁了。

五年前，小斯密森三岁的赫克托耳·柏辽兹，还是个籍籍无名的作曲家。他拒绝按父亲的吩咐学医，转而学习音乐、唱歌、奏乐，也写音乐评论挣点闲钱。他在奥戴翁剧场见到斯密森演的莎士比亚。他大呼："我被莎士比亚征服了，我认识到了真正的伟大，真正的美丽，真正的戏剧真相……我看到……我理解……我感觉……我活着！"

但他爱上的不只是莎士比亚。他每天为斯密森捧场，拼命写情书，还私自举办了一场"为斯密森小姐而办的音乐会"，因为她没到场而倍感落寞。然而，斯密森并不知道此事，也并不认识他。

1830年，即柏辽兹初见斯密森三年后，他获得罗马大奖，在音乐上有所成就。也是那年，他写了《幻想交响曲》。

他如此说道：

一个年轻音乐家，具有病态的敏感和炽热的想象力，在一阵失恋的绝望心情下抽鸦片自杀。药力太弱，未能致命，他陷入昏睡与幻景中，他的感觉、情感与记忆在他生病的脑子里变成了音乐形象和思想。他的情人对他而言，成了一首时时萦绕在他身边的主题曲。

他为她动情，他为她自尽，未遂，写出了《幻想交响曲》。他请她来听音乐会，用一场为她而写的演出来表白。

斯密森感受到了柏辽兹的热情。她大为震惊。

一年后他们结婚了，两年后他们有了孩子。

到此为止，这像是个动人的爱情故事……不是吗？

众所周知，柏辽兹可能是法国历史上最伟大的音乐家之一，也许只有德彪西、圣桑、拉威尔几位能与他相比。但与此同时，他是个浪漫主义者。他、雨果与德拉克洛瓦分别是法国浪漫主义在音乐、文学与绘画上的代表。但浪漫主义的背后，是他极端的夸张，以及对语言叙述的迷恋。

柏辽兹非常喜爱华丽炫示，他的《配器法》一书被公认为最华丽的音乐著作之一，而他的自传《回忆录》可能是最不靠谱的音乐家自传。他不能接受莫扎特在哀怨的歌剧剧情里配上欢乐的曲谱。他自己情感泛滥到，让门德尔松一边承认"柏辽

柏辽兹

兹是个有教养的可亲君子"，一边哀叹"他乐曲写得很糟"。更进一步，"柏辽兹喜欢用音乐讲故事"，他喜欢把一切文学素材纳入音乐中。他是配乐大师，但同时也设想过 450 人的管弦乐团和 350 人的合唱队。想想看，他会把一个单相思故事，改编成带自杀情节的交响乐，然

后请女主角到场聆听——

这样浪漫到偏激的性格，会导致怎样的感情呢？

结果就是：柏辽兹与斯密森的爱情开头灿烂，却并不完满。许多外界传闻说斯密森肯嫁给柏辽兹，是因为33岁的她也确实过了巅峰期，欠着债，希望有个归宿。结婚七年后，他们的感情崩溃了，柏辽兹很浪漫地与玛丽·蕾西奥交好。斯密森与柏辽兹分居。当然，柏辽兹是个好人，始终支持着斯密森，即便她晚年酗酒，他也支持着她。1854年，在他们初次相遇二十七年、结婚二十一年、分居十四年后，斯密森逝世。柏辽兹厚葬了她，然后娶了蕾西奥——当然，他的第二次婚姻也不算成功。

时至今日，他为她所写的《幻想交响曲》，依然是柏辽兹自己，乃至法国音乐史上的杰作之一。虽然许多人都相信，柏辽兹与其说是在描述斯密森，不如说是在描述自己的想象。在最后一个乐章的标题里，柏辽兹用华丽的文笔写道：

"他看到自己在女巫的安息日夜会上，一群为他葬礼而来的幽灵将他围住，令人毛骨悚然的声音……是她来参加地狱的狂欢……她参加了魔鬼的舞蹈……"

他总想象斯密森给他带来的美丽爱情是个幻觉，是魔鬼的舞蹈。然而，瓦格纳却在给李斯特的信里，如此讨论柏辽兹：

"这个不幸的人是多么孤独。世界令人惊奇地把他引入歧途，使他与自己疏远，让他不自觉地自我伤害。"

也许斯密森从来没伤害过柏辽兹，一切都是他的浪漫给他自己带来的幻觉。可是谁知道呢？

回到那个著名的浪漫夜晚，即，柏辽兹为斯密森安排的惊喜夜晚，斯密森被震惊了，只能反复说"我希望他忘了我"。那就是他们感情最辉煌的瞬间，之前之后的一切悲伤，都仿佛是为那一刻存在的——这彻头彻尾的浪漫主义啊！

莫泊桑：我母亲的选择

法国大作家福楼拜有个朋友，叫作阿尔弗雷德·勒波瓦特万。

阿尔弗雷德有个妹妹劳尔：爱读书，思想独立，钟情于莎士比亚戏剧，颇有浪漫主义情怀。

她跟兄长与福楼拜交游时，认识了一个叫古斯塔夫的花花公子。此人颇通撩拨之术，但才情平庸——当然是跟福楼拜相比。

古斯塔夫勾引劳尔，但劳尔自己身为平民，向慕上流社会。那会儿，法国姑娘多相信嫁人是飞跃阶层的重要途径，不能轻易托付，劳尔也不例外。

于是她宣称：可以嫁给古斯塔夫——只要古斯塔夫能在自家族谱里，找到个贵胄姓氏。

古斯塔夫挺认真，搜遍族谱，翻出来一位好祖宗：他有个先人叫让·巴蒂斯特，曾被当时的法国国王授过爵位，虽然那是 1752 年的事了，距离古斯塔夫和劳尔谈婚论嫁时，已过去了近百年。

但死了的贵族依然是贵族，古斯塔夫立刻就把祖宗的家谱顶在脑门上，四处吹嘘，一本正经地来找劳尔求亲了——也确实得偿所愿：他俩订婚了，四个月后结婚。

古斯塔夫自己的妹妹路易丝，之后嫁给了劳尔的哥哥阿尔弗雷德，真是亲上加亲。

四年后，古斯塔夫和劳尔有了个孩子，然而这孩子的出生地点暧昧不清。有说法称这孩子生在某个城堡，有说法则认为他出生在其他地方——以至于很多年后，不止一个人怀疑，这孩子出生地点的多变，是因为孩子的爹妈试图给人这种感觉："我们的孩子可是贵族！生在贵族的地界里！"

这段婚姻，建立在近百年前的贵族祖宗之上，中间又掺杂了浪漫想象。大概会有什么结果，我们也不难猜测。

婚后，古斯塔夫褪去坟堆里刨出的祖宗贵气，散发出流氓本性，对劳尔不时加以家庭暴力。

劳尔是有点贵族的虚荣心，有点浪漫情绪，但她也有刚强的一面。

结婚十四年后，劳尔宣布和丈夫分居。即便可能被人闲言碎语，她还是大胆做了决定，退出了那个虚幻的贵族家谱，自力更生。而古斯塔夫作为一个不靠谱的父亲，从此消失了。

劳尔和古斯塔夫的大儿子，那个出生地暧昧不明的少年，后来被劳尔送去跟福楼拜学写作。

18岁那年，这个少年在海岸救上来一位溺水者——

那是著名诗人阿尔杰农·查尔斯·斯威本。

后来，这个少年写短篇小说。

在他的某篇小说里，一位单亲妈妈独自带一个孩子，被村里人看不起。有位勤奋朴实的工人和孩子成了好朋友，于是孩子求那位工人当他的爸爸。工人考虑之后，认真地向那位单亲妈妈求婚，并告诉孩子：你去告诉所有孩子，你有爸爸了！——结合他父母离婚的背景，这篇小说不妨看作他的美好梦想。

在他的另一篇小说里，有一位身份卑微的女性，在战争期间，救下了一群道貌岸然的上流社会体面人，但等危险过了之后，体面的人们却迅速忘恩负义，甚至开始鄙夷她的牺牲。——结合他那个所谓出身贵族世家的父亲的所作所为，不靠谱与冷暴力，这篇小说的指向也不难明白：他深明所谓贵族阶层，有多么无耻与虚伪。

在他的又一篇小说里，一个诺曼底家庭，总幻想自己有富贵的亲戚做靠山，甚至以此为噱头许诺空头支票，为自家找好亲事。但等发现那位亲戚实则穷愁潦倒时，便急忙不认这门亲戚了。——毕竟他自己的家庭，就一度靠着个虚幻的富贵祖宗维持姿态呢，他深知这一套的无聊。

在他最有名的一个短篇小说中，有一位女性，因为向慕上流社会，跟人借了一串项链，结果付出了人生中的十年，用以偿还所欠的债务，最后得知自己的努力是一场空。——结合这个孩子的母亲劳尔的命运，我们大概也看得出其指向了。

说到这里，您大概已经明白了：

是的，这个孩子，就是短篇小说大师莫泊桑。

上面所说的几个篇目，便是他著名的《西蒙的爸爸》《羊脂球》《我的叔叔于勒》和《项链》。

现在我们大概可以理解，为什么莫泊桑的小说里，有那么直白的利益与欲望，有那么多的痴情人，有那么多无视善良与亲情的人。

有那么多渴望上流社会的女人，有那么多虚伪无耻的上流社会成员，有那么多不忠的丈夫，有那么多被家人摒弃的痛苦。

大概也可以理解，为什么莫泊桑的小说里，有那么多无视善良与亲情，利益至上、粗暴冷漠的男性角色了。

全都来自莫泊桑自己的经历。

我们再来看《项链》。

众所周知的剧情：小公务员的妻子玛蒂尔德为参加一次晚会，向朋友借了一串钻石项链，来炫耀自己的美丽。

项链在回家途中不慎丢失。她借钱买了新项链还给朋友。为了偿还债务，她节衣缩食，为别人打工，劳苦了十年。

最后，她得知所借的项链是假的，不值钱。

"只值五百法郎！"

戛然而止的结尾。

许多评论家都说，这个小说，是嘲讽小资产阶级的虚荣心。

的确，玛蒂尔德贪恋一时的风光，弄了串假项链，为此付出了十年时光。

但小说后半，也很明白地写了：

在关键时刻，她英勇地承担了一切责任，自己虽然偶尔也怀念过去风光美丽的自己，但终究是熬过来了。

只在偶尔坐下来时，她还不免想起当年那一次舞会，她曾经是那么美丽，那么受人欢迎。

如果她没有丢失那串项链，今天又该是什么样子？谁知道？谁知道？生活多么古怪！多么变化莫测！只需微不足道的一点小事就能把你断送或者把你拯救出来！

为什么莫泊桑在描写玛蒂尔德的悲剧时，能怀有如此真切细致的感情？这里并不只有嘲讽，还有理解与同情。

莫泊桑很明白这种向慕富贵的虚无与痛苦，但也能理解这份痛苦。

因为玛蒂尔德的原型，其实就是他自己的母亲。

而那串玛蒂尔德为了一时向慕富贵戴上的、为之付出十年人生代价的假项链，才是真正的罪魁祸首。

那就是摧残莫泊桑母亲劳尔人生的，莫泊桑自己那个不靠谱的，所谓的贵族父亲。

第二部分

了不起的她

巴拉圭女王——艾丽萨·林奇

22岁那年，艾丽萨·林奇抛弃丈夫，跟另一个男人离开巴黎，去了巴拉圭。十五年后，她跟的男人死掉了，她自己带着群孩子回到巴黎。又十五年后，她在此死去。

在一个典型的19世纪巴黎人眼里，这是个失败情妇的故事。但没那么简单。

艾丽萨·林奇是位爱尔兰女人。金发，执拗，微笑撩人。18岁那年，她嫁给了法国军官夏维尔·加特法吉。老公不久后去了阿尔及利亚，她在巴黎宫廷，当了高级艺妓。22岁，她遇到了大她六岁的巴拉圭人，弗朗西斯科·索拉诺·洛佩斯将军。何以一名 28 岁的青年就能当将军呢？答：他是卡洛斯·安东尼奥·洛佩斯，巴拉圭独裁者的儿子，巴拉圭的太子。一年后他俩有了第一个孩子：胡安·弗朗西斯科·潘奇托·洛佩斯。她跟他去巴拉圭，自然顺理成章。在巴黎社交圈，这种事也不算稀奇：一个美貌情妇跟了个南美王族，现在回去享福了，多好。她离开巴黎后，老公加特法吉自己另外结婚，那意思是："反正你也不会回来了，我另娶个呗！"

然而出于某些神奇的原因，艾丽萨·林奇和她那位洛佩斯将军一直未婚。她是他的情妇，为他生孩子，随他四处奔走，却从未与他结婚。但这并不妨碍全巴拉圭人称呼她夫人。她到巴拉圭五年后，老洛佩斯总统逝世，洛佩斯将军升任总统，她成了巴拉圭的女王，第一夫人。所有人都称她为第一夫人，虽然她从没有跟洛佩斯结婚。

一般认为，她永久性地改变了巴拉圭。她去之前，巴拉圭是个南美内陆国家，没有海岸线，没见过世面。

她带去了巴黎风尚，带去了服装、音乐与饮食，她让南美各国大使显得像没见过世面。

然后，1864年，巴拉圭战争开始了。

众所周知，1864年，阿根廷、巴西和乌拉圭人集合大军20万，泰山压顶攻击巴拉圭。小洛佩斯奔走作战，强撑六年。这一战惨烈无比，《巴拉圭简史》记载战前巴拉圭人口超过52万，战后第一年22万，其中成年男性剩不到3万。这场战争中，巴拉圭时尚、音乐与美的象征艾丽萨·林奇没闲着：她随着情人总统奔走四方，组织妇女医疗队，号召抵抗。直到1870年3月1日，小洛佩斯总统战死，巴拉圭战败。

洛佩斯总统战死后，巴西军队逼迫15岁的潘奇托——艾丽萨和洛佩斯的第一个儿子投降。他回答"一个巴拉圭军官永不投降"后，立遭杀害。此时，艾丽萨·林奇站了出来，用她那双倔强的爱尔兰眼眸，盯着巴西联军，怒吼道："这就是你们允诺过要建立的，文明自由的国家吗？！"

　　然后，在被捉走前，她争取到了这么个机会：她蹲下来，徒手挖坑。我们不知道她如何做到的，总之，她亲手在鲜血浸染的大地上挖出了墓穴，将洛佩斯和她的儿子葬了。

　　这就是她的故事。一位并没有结婚典礼的总统的第一夫人；一位在西半球经历了荣耀、战争、丧夫、丧子后，回到东半球的巴黎情妇；一位在她逝世百年后，得到巴拉圭承认的国家英雄，确切地说，一位从未得到冠冕的巴拉圭女王。

阿特米西亚：回过头刺穿黑暗

"我被强奸了。"

"是吗？为了证明你所言不虚，先受个酷刑吧！"

于是，黑暗中的偏见、暴力与痛楚，再度重现。

……

这就是阿特米西亚·真蒂莱斯基的经历。

历史教科书说，文艺复兴时的意大利，满街大师，才华横溢。但艺术史家会多说一句：同期的意大利各城，无论是佛罗伦萨、罗马还是那不勒斯，都充满了混乱与暴力。私斗、匕首、复仇、打手，白天黑夜都有命案。

大家暴躁又恐慌，不知道明天是否看得见太阳。所以马基雅维利说："当时人人都由着性子肆意妄为，将野心、恶毒、仇恨贯彻到底。"

所以那会儿，意大利布满了这样的天才：一面态度文雅，一面性情凶暴。所谓"满街都是聪明的豺狼"。

画风，亦然。文艺复兴时期的审美，一度很是经典：拉斐尔的圣母雍容优雅，达·芬奇的渐隐法在《蒙娜丽莎》的眉梢眼角格外动人，米开朗琪罗是大雕塑家，那时大家追求优雅、简洁、构图匀整的风格。

但随着世道纷乱，许多意大利人既崇尚美丽理想的肉体，又争强好胜，不知自己命有多长，势必及时行乐。于是，审美日益追求刺激与极端：灿烂与幽暗，暴力与热情，极端的戏剧性。

于是进入了所谓巴洛克主义的潮流，出了一位划时代的人物：1571 年出生的卡拉瓦乔，17 世纪初在罗马一度闻名遐迩。然而，他好勇斗狠，1606 年犯了人命案，逃离罗马。后来，在马耳他，在那不勒斯，他又跟人动手，差点被毁容。1610 年 7 月他死去了，有人说他生了病，更多人疑心他死于寻仇。他的画风影响了时代，此前，画家们也会用明暗对照，卡拉瓦乔走到了极端——他用一种号称"酒窖光线法"的方式，让阴暗处更幽深，让明亮处更刺目。题材上，他描述痛苦，描述暴力，描述让人刺痛的戏剧性。许多画家追随他的做派，而学他学得最到位的，却是一位女士：阿特米西亚·真蒂莱斯基。

有人说阿特米西亚生于 1590 年，也有人说她生于 1593 年。她的父亲是从比萨到罗马谋生的画家奥拉乔。1605 年她母亲去世后，奥拉乔可能无暇顾及女儿，就把阿特米西亚带去自己的画室，发现她才华卓著。奥拉乔学的是当时流行于罗马的卡拉瓦乔画法，阿特米西亚青出于蓝。而在当时的意大利，尤其是罗马教皇的地界，人们不相信女人能当画家。

1611 年她十八岁，画技已足以睥睨同辈人。那年，她父亲奥拉乔开始跟阿哥斯蒂诺·塔西合作，自觉时来运转。那时父女俩自然不知道，这是命运的转折点。

阿哥斯蒂诺·塔西是当时艺术家中，出了名的浮华浪子。他 1578 年生于佩鲁贾，他却总是对外自称生于罗马。他亲爹是个叫作多美尼克的皮匠，他却自吹自擂有贵族血统。他爱信口雌黄，却着实有一手好画功，当时他为教宗保禄五世工作过，自觉攀了高枝，行事也就越发肆无忌惮。

于是 1611 年 5 月的某一天，塔西强奸了阿特米西亚。按照阿特米西亚后来的说法，当时另一男子柯西莫·库尔利也参与了强奸。她的好朋友图奇亚则目睹了事件，却在她求助时，不肯伸出援手。

这恐怖又罪恶的一幕过后，阿特米西亚与父亲奥拉乔一度怀抱过希望。塔西毕竟是奥拉乔的同事，不至于那么厚颜无耻，也许他肯负责任呢？待确认塔西无意迎娶阿特米西亚，只想占个便宜后，奥拉乔起诉了塔西。当时的法律并不能够保护女性，所以奥拉乔起诉塔西的罪名也不是"强暴了我的女儿"，而是"侮辱了我们家族的荣誉"。

接下来发生的一切如此颠倒黑白，证明此前阿特米西亚与奥拉乔的迟疑颇有道理。

塔西当然完全否认了指控，先声称自己从未和阿特米西亚独处，之后当证据确凿时，改口承认自己去了阿特米西亚的房间，但是，"我去那里是为了捍卫她的荣誉"！

在审判期间，庭审竟有意外收获：他们发现塔西此前已经强奸过不止一名妇女。他的妻子失踪了很久，许多人相信他雇凶杀妻。

对塔西这样一个满口谎言、毫无信用的流氓，阿特米西亚却拿他没有办法。按当时的规矩，为了证明阿特米西亚的真诚，"确实不是诬告塔西"，她必须自己先受拶指之刑。听起来毫无道理，然而这就是当时的法度。

阿特米西亚挺过去了。对她这样的绘画天才，拶指可能意味着再也无法画画，然而为了自己的荣誉，她硬生生熬过了刑罚，只为了申冤。

塔西被审了七个月后，被判有罪，但事实上只被关了两年：1613年，他就自由了。又过了三十一年，他在罗马以66岁这个不算短寿的年龄安然过世。结合他此后逍遥法外的命运，大概，他在对阿特米西亚伸出魔爪时，就已经知道自己可以有恃无恐了。

到此为止，乃是阿特米西亚·真蒂莱斯基痛苦受难的故事，命运的不公不义已到极致。阿特米西亚除了经受苦难——被侮辱，遭遇背叛与出卖，还要受刑，似乎一无所得。

但她自己争取改变了命运。

塔西被判有罪后一个月，阿特米西亚嫁给了皮尔兰托尼奥·斯提亚特西，一位靠谱的艺术家。然后，她搬去了佛罗伦萨，开始了职业画家生涯。她与塔西的事迹名闻天下，许多委托人，或出于同情，或出于好奇，来看她的画，然后折服于她的才华，向她订购作品。据说，男委托人震惊于她那卡拉瓦乔式的强力画风，女委托人则传颂：

她了解现代服饰，了解贵族生活！至少比男画家懂行多了！

四年之后，她有孕在身，却撑着身体，与其他佛罗伦萨名家一起合作了巨型天顶画。据说她的酬劳是其他合作人的三倍之多。据说在那幅画中，她画的裸女形象，是她的自画像。观者自然啧啧议论，她则继续坚持着，继续画画。

塔西对她的侮辱，并未让她情绪消沉。她一边画画，一边生了五个孩子，其中一个孩子，以她早亡的母亲命名，叫作普鲁登西亚。1620 年她 27 岁时返回罗马居住，又三年后——她当时 30 岁——她丈夫的记录消失了，有人相信她在这年丧夫，但她的委托约稿依然络绎不绝。当时教皇乌尔班三世都来委托她。有人说那是因为保禄五世已经不在了，没人庇护那肮脏的塔西了。乌尔班三世对她的关照，除了出于敬佩她的才华，也代表着教廷对她的歉意。

她不只是当时最卓越的女画家，还是当时走得最远的女人。

1626 年她去了威尼斯，又过了三年，她去了那不勒斯。1638 年，她渡海去到了英国，与父亲奥拉乔在英王查理一世的宫廷相聚。一年后，父亲逝世，她继续在英国画画，直到 1642 年英国爆发大战前，她回到那不勒斯。她最后的记录留在了 1656 年，许多人认为她死于横扫那不勒斯的瘟疫。

但这一切都不妨碍她以画家身份扬名四十年。她是17世纪上半叶，全意大利最有名的女画家，还是全意大利最独具风格的女画家。

如上所述，阿特米西亚承继的是卡拉瓦乔那幽暗明亮、对比极端的戏剧画风。男性画家这样画，都会被保守者觉得过于刺目，女画家如此风格，当时绝无仅有。

有些研究者认为，她的画风充满了暴力与道德色彩，她自己又喜欢画偏暴力的题材，是试图不断暗示自己遭遇的暴力：塔西对她的侮辱，以及她自己所受的酷刑。

有些学者觉得，她画中坚强自信的女性，是另一派自画像：她挺过了一切苦难，傲然面对命运。

有艺术史家认为，她是通过画作对社会进行报复。也有好事者提出，这是一种精明的自我推销：阿特米西亚知道自己的名声，知道大家对她的期望，洞悉了委托人针对她的窃窃私语——"这女人被强奸过哟"，所以故意画出迎合委托人的画作。

埃琳娜·西莱蒂则提出另一种看法：也许我们对阿特米西亚过度解读了。毕竟，由于她传奇的画风与经历，男性论者与女性论者很难站在同一个视角对待她。总有人想抹杀她，也总有人想为她争取迟来的正义。

站在 21 世纪回看，我们会发现：阿特米西亚也许遭遇过三次暴力，第一次是塔西的侮辱，第二次是当时的酷刑，第三次是后世某些带有偏见的解读。在某些评论家眼里，一个受过暴力凌辱的女画家，选择暴力题材和戏剧性画风，居然都算是一种罪过？

也许相对公正的评论，来自 20 世纪罗伯特·隆基先生的论断。他描述，阿特米西亚的画布上简直发生了"残酷的屠杀"，说她堪称一个可怕的女人，她描述暴力与血液如此精妙，不可思议。隆基认定，阿特米西亚是

17世纪最精致的画者之一，"仅次于（当时最好的肖像画家）范戴克"。

最后，隆基先生如此论断：

"她是当时最好的，懂得绘画、色彩、素描的女画家。"

也许这就是最好的评价。阿特米西亚·真蒂莱斯基，在其生前身后，都经受过异性的暴力。但她以一种卓然倔强的姿态、当时罕见的画风，成为17世纪全意大利最好的画家之一。虽然从意大利到法国，模仿卡拉瓦乔者无穷无尽，但也许她才是卡拉瓦乔风格最好的承继与发扬者。她像卡拉瓦乔一样，从题材到笔法都全然地表现了自己的精神，投射了她自己的经历，以独一无二的个性与风格，与当时的所有偏见——性别上、身份上、命运的不公与歧视——做了斗争，而且胜利了。

她以光明刺穿黑暗中的偏见、暴力与痛楚。17世纪上半叶，意大利最有力量、最戏剧性的画家之一，是一位被侮辱与被损害的女人。

这就是阿特米西亚·真蒂莱斯基的经历。

美丽奥特罗

"金钱随着睡觉累积起来。睡得越多，钱越多。只不过，不是一个人睡罢了。"

美丽的阿古斯蒂娜·奥特罗·伊格莱西亚斯如是说。

——只是，在19世纪后半段往后的一个世纪里，欧洲的风流圈子里没人叫她全名。大家只叫她"世上最美的女人"。

美丽奥特罗1868年生于西班牙加利西亚一个乡村——多年后，她自称生在安达卢西亚，好为自己脸上贴金。她的母亲卡门卖唱献舞于街头，也不介意出卖色相。6岁时美丽奥特罗有了个讨厌的继父。11岁的夏天，美丽奥特罗被一个叫维南西奥·罗梅罗的皮匠强奸了。

照她的说法，从那时起，她开始憎恨男人。

这次凌辱仿佛为她的人生书页划了一道伤痕，自此她的轨迹外人无法想象。13岁那年，她爱上了16岁的流浪歌手帕科，跟帕科学会了弗拉门戈舞，最后被帕科逼着当了妓女。似乎那段时间，帕科逼迫她堕胎，从此她失去了生育能力。这惨淡恐怖的爱情故事，据说让她从此失去了对爱情的信任。

14岁那年，她去了巴塞罗那，同时游走于两个情人之间。其中在赌场认识的弗朗西斯科，给她起名卡洛琳娜，教她赌博，怂恿她开始舞蹈生涯。

传奇就此开始。

舞蹈演员在19世纪后半叶，是个兜售美貌的完美职业。那时，美丽奥特罗已经知道如何让男人爱上她，如何伤害男人了。她的下一个猎物，银行家弗里塔对她着了迷，为她赎身，教她贵族礼仪，让她能在舞蹈界更上一层楼。她跟着弗里塔去了马赛，然后是蒙特卡洛，艳名传遍法国。21岁，她去了巴黎。她在世博会期间的舞蹈演出醉倒了巴黎上流社会：约瑟夫·奥勒，红磨坊的创建者，都为她倾倒。

她有两个奇怪的爱好：其一，爱洗澡；其二，没事儿就去法国南部，试用各类香水。

如今，您从戛纳蔚蓝海岸出发，走半小时到火车站，坐半小时火车，就能抵达香水之都格拉斯 Grasse。花宫娜 Fragonard 香水老厂与博物馆在半山腰，再走几步，便是国际香水博物馆。满山都是刚试完、买完香水的诸位。走在路上，会被柑橘、柠檬、玫瑰、晚香玉、薄荷、茉莉花等味道塞住鼻子。去咖啡馆一坐，生怕店家一高兴，就给一盘薰衣草拌香子兰沙拉，撒上乳香就端来了。

香水这玩意，其实是东方出品。英语叫 perfume，法语叫 parfume，语源是拉丁语，par fumum，"穿过烟雾"。

公元前，美索不达米亚平原的人们，就晓得拿油去浸花，浸到后来，油中便带花香：这是最原始的香油。埃及人先用这玩意儿来蒸熏、祭祀、做木乃伊，然而这东西粗制滥造，留香很短，法老们嫌弃。被砍了一批脑袋后，祭司们急中生智，混合了撒哈拉来的杜松等料，效果便好些。希腊人学了香油制法，用在体育锻炼里：希腊人喜过露天生活，锻炼完了，洗了澡，抹上香油，在雕塑般的身段上加件袍子，就能去广场。希腊人太爱香水，以至于陪葬品中会有个陶罐，里面装些香水：去地府见哈迪斯前，也要一身喷香。后来罗马人把这玩意全套学了去。罗马和平时期，贵族们把香油洒在小鸟羽毛上，放小鸟满厅堂飞舞，于是满室香氛流动。虽然浪费，但罗马人有个创举：他们是历史上第一批用玻璃制作香水瓶的人——影响了后世多少香水瓶的设计啊。

中世纪前期，西欧割据纷乱，阿拉伯人对香水发展起了大作用。一来阿拉伯人占领的地界，从北非、地中海东岸到中东，恰好是香料植物遍布的地界，不愁取材；二来阿拉伯人中出了无数化学家，蒸馏酒和唇膏方面也有心得；三来那会儿阿拉伯人和基督徒，都相信香料是大宝贝。9世纪时，阿拉伯人已经总结出百来种制香方子，从植物和动物身上萃取，然后以试剂固定香味。后来，伊本·西那先生，波斯史上著名的哲学家、医学家、自然科学家，在公元1000年后不久，用蒸馏技术，从花朵里蒸出香味精华，制作了玫瑰花味的香水。后来，凯瑟琳·德·美蒂奇，佛罗伦萨大豪族美蒂奇家的闺女，嫁给了法国国王亨利二世，带去了无数法国人没见过的稀罕玩意，比如从东罗马流传过来的雕塑，比如冰淇淋，比如香水。

这时香水才第一次在法国落了地。在法国南部，香水业由此展开：薰衣草、鼠尾草、玫瑰、茉莉花之类植物，被一一分拣萃取，与皮革业一起蓬勃发展。

说回我们的女主角。

美丽奥特罗喜爱洗澡，喜爱洒香水。她的某个前情人相信，她经常自觉污秽，所以需要洗澡与香水；另一位前情人则认为，她的污秽堕落，本身也是一种美，她只是借香水增强自己的吸引力。当然，对类似看法，美丽奥特罗不予置评。

1890 年，美国大人物恩斯特·约根斯来巴黎访问。已经得到"美丽奥特罗"绰号的她，勾引了约根斯，让他迷迷瞪瞪，拉她去美国巡演，这年她 22 岁。

24 岁时，美丽奥特罗回到巴黎演出，用华丽的珠宝装饰自己的胸部。当时她声名太大，大家都说她的出现，足以愉悦一切感官：香水的味道愉悦嗅觉；动人的声音愉悦听觉；肌肤愉悦触觉；美丽愉悦视觉；至于其他只有情人们能够享受的，生死折磨的爱情，大家就不知道了。当时的风流人物们都窃窃私语：新起的戛纳海岸卡尔顿酒店穹顶，一定是被她美丽的胸部刺激出的灵感！

1888 年电影诞生，1895 年电影首次在法国播放，三年后，30 岁的美丽奥特罗成了最早一批电影明星。总而言之，她是 19 世纪和 20 世纪之交一切传奇的主角之一。电影、舞蹈、歌剧，贵族们为她弯腰鞠躬，亲吻她的双手。她的绯闻男友包括英王爱德华七世，比利时的利奥波德二世，俄罗斯的王公贵族，西敏寺公爵，俄罗斯的尼古拉斯大公。她丝毫不介意别人知道她的过去，她甚至宣扬自己恨男人。她出入于酒会、赌场、歌剧院与各类豪宅，随便一个回眸就能让世界颠倒。确认的为了她自杀过的痴情人就有六个，她引发的决斗更是不计其数。以至于，她的回眸被称为"塞壬的自杀"。

"金钱随着睡觉累积起来。睡得越多，钱越多。只不过，不是一个人睡罢了。"

她如是说。

她的卧室色调随心而换，帷幕与香水也不断变化。

她知道光线、色调与香水如何将自己隐藏在天鹅绒的阴影里，知道怎样的效果可以催生爱情，怎样的效果可以令人产生欲望。她知道自己的肢体应该如何摇曳，知道美与诱惑的价值，那些隐藏在她幼年苦痛中的价值。

她知道自己多么昂贵，知道这会如何刺激男人们来找她。甚至有人猜测，她是否渲染了自己早年的悲苦经历，以便让她在贵族圈里，担当一个如此妖异的女人：一个贫贱但美丽，魅惑又邪恶，放浪却又才华横溢的夜之情妇。她那么美丽，又那么危险，让无数人为之欲罢不能，感叹："世上最美的女人！"

年过四十之后，她聪明地猜测到了未来。她在蔚蓝海岸的尼斯买了栋房子，房价折合到现在有1500万美元。她的总资产折合到现在，据说可达2500万美元。然而她晚年是住在火车站附近一个小旅馆的，她那宏伟的资产，多在赌场里被挥霍掉了。

但她无所不能的美貌再次起了作用：据说，蒙特卡洛赌场的当家最后决定，在她有生之年，都为她付房租。

与一般穷愁潦倒、多病早死的交际花不同，美丽奥特罗活得很长很长，直到96岁，她静静死在尼斯那个不用付房租的房间里。

"女人命中注定的任务，就是保持美丽。一旦她老了，就得学会砸碎镜子。我很平静地等待死亡。"她晚年如是说。

一个惨烈妖艳的开头，却有着这样悠长的结尾。有邻居说她喜欢回忆过去，但翻来覆去，只是"王公、盛宴和香槟"。她偶尔打开房门，房间里总有浓郁的香水味。

似乎这就是她选择的人生：用年少时的美丽获得一辈子的倾慕与谈资，然后在96岁之前，不断回忆。

牛顿夫人撑着阳伞

19 世纪中期，欧洲商业大肆发展，巴黎女子的衣服，也就日益分门别类。晨服多用轻棉，裙摆可以不那么夸张，但出门见人，衣服得格外讲究。无论有没有事，小姐太太们都得午前惯例出门一趟，显摆一下衣服。领子得低到露出颈来，除非颈部花边无穷；衬裙得滚三圈边，还得让姑娘的婀娜步态露出来……那时相机和照片还来不及大规模应用，流行时尚基本靠口口相传，或是画作宣传。

1836 年，生在法国南特的雅姆·蒂索赶上了风潮。父亲马塞尔是个窗帘商人，母亲玛丽则设计帽子，如此家庭氛围之中，蒂索对描绘服饰极有天分。17岁时他想成为画家，父亲反对，认为他该做一番更有男子汉意味的大事，母亲却赞成他成为画家。不知是否因此之故，蒂索此后更喜欢在女性领域创作。他成了当时描绘女装最出色的画家之一：一个法国人，长居伦敦，奋笔描绘当时的英伦风尚。

然后他遇到了凯特琳·牛顿。

凯特琳·牛顿，原来随父亲查尔斯·凯利的姓。查尔斯·凯利是个驻印度的英国军官，凯特琳因此在印度拉合尔长大——玛格丽特·杜拉斯反复描述过的那个城市——后来搬去了以泰姬陵闻名的阿格拉。1870年，凯特琳16岁，美貌绝伦，按照家里的安排，嫁了个姓牛顿的军官。但去结婚途中，她爱上了一个姓帕里瑟的船长。

1871年1月3日，凯特琳嫁给了牛顿，但她立刻逃婚。9天后，她给自己的丈夫牛顿先生——年纪大她一倍，还带着个孩子的鳏夫——写信说："我爱上帝过深，不能再造罪孽；我过错太多，无法与你成婚，希望你另谋婚事，但愿你宽恕我。"她自称怀了帕里瑟的孩子。

于是，她离开牛顿，回了伦敦。她生下了帕里瑟上校的孩子，但没跟他在一起。

也就是那年，雅姆·蒂索为了普法战争入伍，稍后加入了巴黎公社。当巴黎公社倒台时，他没法再待在法国，只好流窜到伦敦去谋生路，给杂志画漫画、编卡通故事。他很快发现，在伦敦，一个画家最容易致富的手段是画时装美女，让那些富太太们看得高兴。1872年，蒂索已经买得起房子了；1874年，印象派画家在巴黎开展，德加向蒂索发出邀请，而蒂索谢绝了：他跟印象派那些画家们——德加、马奈、莫里索们——保持着良好关系，但非常理智，知道自己该干什么。

应该是在1875年，这两个失去了故乡的男女在伦敦相遇。1876年，凯特琳生了个儿子，有人相信，蒂索是孩子他爸，证据是，生完孩子后，凯特琳就抱着一对儿女，搬进了蒂索的家。也有人反驳说，直到 1876 年底，蒂索才第一次以凯特琳为模特画了第一幅作品。没关系了，他们开始同居：凯特琳 22 岁，蒂索 39 岁。

凯特琳成了蒂索的模特、秘书和情人。很少有一个画家以如此饱满的爱，描绘一个模特。在现有的陈迹里，你可以看到凯特琳头戴黑羽帽、披着金刘海、颈挂黑貂裘的模样——这是她最著名的打扮，出现在许多画里。她时而低垂眼帘、慵懒待人，时而在一片秋叶里提裙摆头，回眸一笑。当然，她也会坐在后院沙发和绒毯里，望着孩子微笑；也会戴着黑绒帽和红披肩，用戴着丝手套的左手支颐发呆。欧洲人被这个女人迷醉了：这个印度归来的女子，这个有爱尔兰背景（她母亲是爱尔兰人）的天主教徒，这个离过婚的未婚妈妈，这个艺术家的情人，这个如此年轻就融汇这一切传说的姑娘，这个和蒂索过着——用他自己的话说——"上天赐福的快乐"生活的女人。

当然，因为他们的复杂背景，蒂索与凯特琳得不到

这三幅作品一般被认为是雅姆·蒂索在1876年到1877年之间绘制的。其中第三幅在当时被认为富有东方色彩——凯特琳自己即是游历过东方的英国美人。

所有人的祝福，交际圈子很窄。但这不妨碍他们以夫妻相称。据说，凯特琳叫蒂索"吉米"，蒂索则叫凯特琳"凯蒂"，或者用法语轻唤她"小姑娘"。

但这些事情，注定不长久。

凯特琳得了肺结核，开始沉迷于鸦片。病势削弱了她的健康，但给她带来了一种奇怪的沉静和安详。1882年，她28岁那年，逝世于蒂索怀里。她给蒂索做了六年模特。据说，蒂索把她的棺木放在家里，与紫色天鹅绒为伴，自己坐在棺木旁祈祷，长达四天之久。

凯特琳逝去后，蒂索离开了伦敦，回到法国。他的黄金岁月仿佛随凯特琳一起离去了。1885年之后，几乎是时尚业指南人的蒂索，再也不画时装美女了。他转而用余生为《圣经》画插图——在和凯特琳共度的岁月里，他成了个很虔诚的天主教徒。他一直在描述1875年至1882年的生活，不断赞美那是天赐之福，以及"凯特琳是我一生挚爱"。

他成了个古怪的老头，在为凯特琳祷告四天后，他对宗教燃起了神奇的热情。1886 年、1889 年与 1896 年，他多次去中东描绘宗教。他还专门找巫师灵媒，试图与死去的凯特琳对话。到 1906 年，年过七旬的蒂索依然在跟人念叨凯特琳：

"她让人愉快，受过教育，高挑纤瘦，有着美丽的蓝眼睛与金色长发……"

直到现在，蒂索的那些画作依然有足够的历史价值——哪怕不为其艺术价值，单为研究 19 世纪后半叶的女子穿着和风俗习惯，都已经足够不朽。你看那些画时，无法不感受到那些东西：《一种美丽》《凯特琳·牛顿在巴黎》《牛顿夫人撑着阳伞》。你依然可以放心地把他的画当作时尚指南、历史文本。因为，很难有一个画家，对他所描绘的衣服，以及穿着衣服的女人，有类似的爱情了。

弗里达与墨西哥城

"她的画尖刻而温柔，硬如钢铁，却精致美好如蝶翼；可爱如甜美的微笑，却深刻和残酷得如同苦难的人生。"

迭戈·里维拉，足以代表20世纪墨西哥绘画的大人物，如是描述他那更负盛名、更能代表墨西哥画风的妻子弗里达的作品。

然而，弗里达如是说："我不画梦，我画我的现实。"

尖刻与温柔。梦与现实。钢铁与蝶翼。微笑与苦难。以及持久的疼痛。

最极端的对比，都在弗里达的画中，在出生于墨西哥城、一辈子都在描绘墨西哥城的弗里达的画中。

弗里达·卡洛的故事，已被艺术家描述过太多次了，她自己也已被贴过太多的标签。人们津津乐道于她跌宕起伏的人生：6 岁患上小儿麻痹，18 岁车祸致残，一生经历 32 次手术；成婚，离婚，复婚；印在墨西哥纸币上的女画家。多病却又鲜活的一生。残疾却热爱自然。女性主义、后殖民主义、身份政治，都在附会她。

极端的对比。

弗里达·卡洛。

她生在 1907 年，母亲马蒂尔德是墨西哥人，善良、活跃、聪明，同时精于计算、残忍、迷信；父亲是个摄影师，德国血统，职业生涯被墨西哥多变的革命和战争搞得支离破碎。父母多病，性格冲突又烈，她的家庭氛围与当时的墨西哥一样剑拔弩张。

6 岁时，她患上小儿麻痹，从此左右脚长短不一，终身瘦弱，备受欺凌。据说她父亲却因此格外怜惜她：

大概，不幸者能嗅到彼此的命运，同病相怜。父亲的朋友费尔南多·费尔南德斯，精通版画。他让弗里达给自己当助理，惊艳于弗里达的才华。但少女弗里达说，她还不想当艺术家。她总觉得自己可以克服小儿麻痹，做一点更外放的活动。

但小儿麻痹仿佛只是不幸命运的前奏曲。1925年9月17日，她18岁，车祸来了。据说她听到了自己脊椎、锁骨、肋骨、骨盆、左肩骨碎的声音，一根扶手从背后穿入，从下身穿出。很多年后，她有勇气自嘲，这场车祸"让我失去了童贞"。更确切的描述则是，借用西班牙语地区热爱的斗牛运动，"我像一头公牛似的被贯穿了"。只是，斗牛场上，被贯穿的公牛大多就此死去，弗里达却还要继续她的痛苦人生。

受伤期间，她独自卧床三个月，开始认真思考画画。她最初的作品是自画像，毕竟，"我经常独处，我是自己最熟悉的对象"。

《迭戈与我》，弗里达·卡洛，1931年。与1949年的痛苦相比，此刻刚结婚的他们似乎还处在平稳的幸福之中。弗里达专门在里维拉手中画上了画笔：她崇拜作为画家的丈夫。

弗里达与里维拉
1932年

车祸与养伤期间的独处，让她想重新开始人生了。她想确认一切的真相，毫不修饰。她喜欢文艺复兴时期的宗师波提切利的作品，也被毕加索和布拉克的立体主义所影响。她创作大量自画像，画亲戚与朋友，但更多的是画自己。这从此奠定了她的风格基调：具有强烈自传色彩的作品。她的痛苦，她的欲望，都在她的画里。

1928年6月，有人介绍她认识了比她年长21岁的大画家迭戈·里维拉。

玻利瓦尔国家预备学院的礼堂，至今有里维拉在1922年1月所描绘的画作：当时墨西哥不太平，甚至在他绘画时，有右翼学生赤胆忠心地持枪保护他。在这些绘画过程中，里维拉慢慢减少了自己欧洲式的做派，开始学习阿兹特克的古代画作风格——人体简单而宏大，色彩汹涌澎湃。1923年至1927年，在墨西哥国立自治大学的主墙与走廊描绘壁画，包括描绘墨西哥农民挣扎的《肥沃土地》。

1922 年，弗里达和里维拉曾有一面之缘，匆匆而过。1928 年的这次相遇后，他们相爱了。弗里达的父母似已预见了此后这两个人漫长的互害岁月，放出了预言——"你俩的结合，就是大象与鸽子"，但弗里达表现出了里维拉那赞美她的"硬如钢铁"。1929 年 8 月 21 日，他们结婚了，同年搬到鲜花之城库埃纳瓦卡。

她开始与里维拉一起旅行，1930 年去了美国旧金山。她认识了尼古拉·穆雷等艺术家，度过了多产的六个月，但她的画作没得到应有的尊重。大家文质彬彬地看着她的丈夫，称呼她里维拉夫人，而非"女画家弗里达"。

然而，她的创作欲望开始澎湃了。1932 年她创作了《亨利·福特医院》，画中她自己躺在病床上，六根脐带从腹部伸出，连接着死去的婴儿、冰冷的机器、紫色花朵、骨盆、带子宫的腹部与蜗牛。这作品既自传色彩浓烈地描绘了她的流产经历，而又极富表现力。

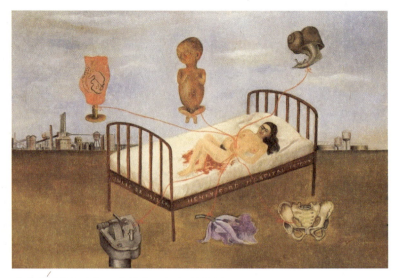

《亨利福特医院》，弗里达·卡洛，1932年

《宇宙地球我送戈和阅兵式爱的拥抱》，弗里达·卡洛，1949年

里维拉壁画作品《墨西哥的历史》，1929—1935年

她随里维拉继续旅行。媒体拍摄她的照片，会附上字样"壁画大师里维拉的妻子兴高采烈地涉足艺术作品"，可是1933年2月2日，她告诉《底特律新闻》：

"当然里维拉做得不错，但我才是大艺术家。"

1934年，她回到墨西哥，但这一年她没画画。接下来两年，她只创作了两幅作品。

她去过了美国后，开始感受墨西哥。她觉得自己不喜欢美国的资本主义文化，她开始重新端详墨西哥城。

与里维拉一起撑起墨西哥壁画文艺复兴的——换言之，如今您走在墨西哥城，随处看得见其手笔与作品的——是另外二杰。

大卫·阿尔法罗·西凯罗斯相信，艺术应当具有公共性，能教育人，富有思想。所以他大肆创作壁画，宣传革命，鼓舞人民。他总爱描绘人民对抗权威与规则，偶尔有风景，但基本是人像，而且是肌肉与关节历历在目的、奋斗不息的人像。

何塞·奥罗佐科则有其著名的、布满了圣伊德方索学院三层楼的作品。里维拉更昂扬激情，奥罗佐科则更暗黑低沉。他画革命与奋斗，但也会画基督，画血腥与深思的痛苦，画人民在奋斗中的犹豫，画人类的悲剧宿命——喏，这就是墨西哥人。哪怕是同样并肩倡导壁画、与权威做斗争的英杰，也都有各自不同的观感。

弗里达开始想尝试版画与壁画，想尝试更强硬的表现风格。

但命运没给她喘息的时间。

1935年，当弗里达第三次流产后，撞见了丈夫里维拉和自己妹妹偷情。

如弗里达自己所述："我人生中遭遇过两次巨大的灾难，一次是车祸，一次是里维拉。"

她和里维拉分开了，她开始疯狂创作。1937年与1938年这两年，她的作品超过此前八年的总和。

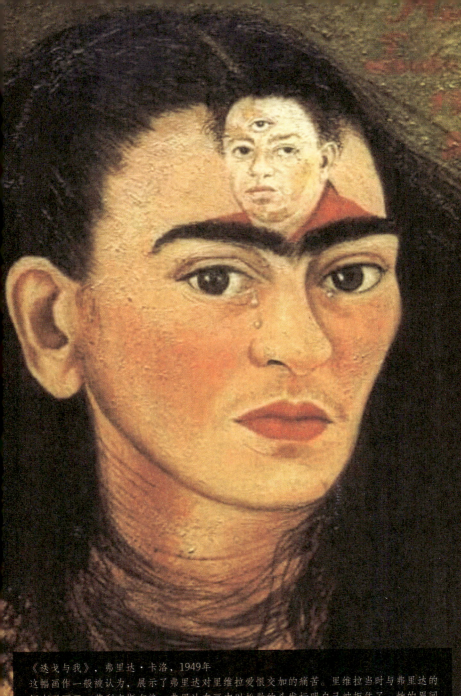

《迭戈与我》，弗里达·卡洛，1949年

这幅画作一般被认为，展示了弗里达对里维拉爱恨交加的痛苦。里维拉当时与弗里达的好友玛丽亚·菲利克斯有染。弗里达在画中以松散的头发标明自己被扼住了。她的眉间出现里维拉，一般认为是形容里维拉常萦绕在她脑海之中，而里维拉冷漠的表情，以及他与弗里达共同拥有的额头眼睛，被认为是显出了弗里达心中两人扭曲的纠缠。

她开始卖得出作品了。1938年，影星爱德华·罗宾逊向她买了四幅画，每幅200美元。大名家安德烈·布勒东1938年看到了她的作品，大为感叹。

1938年10月，她——没有与里维拉同行——独自旅行去了纽约。她的墨西哥式着装引发轰动。《时代》杂志说，"弗里达的形象，有着微缩模型的精致，墨西哥传统的鲜艳红色和黄色，像是一个无感情孩子俏皮又血腥的幻想"。1938年11月，她在纽约开了自己第一个个人展览，卖出了25幅作品，得到了许多委托。其中最有传奇性的邀约，来自当时丧夫之后已患了抑郁症的艺术家多罗茜·哈尔：就在向弗里达的作品表达了好感之后不久，她便从自家公寓楼上一跃而下，逝世了。

1939年1月，弗里达到了巴黎。当时已成为传奇的大师杜尚帮她找画廊，试图搞起一个个人展览，然而当时雷诺与科尔画廊认为，弗里达的画过于惊世骇俗，只肯展出其中两幅。当时日欧洲已经硝烟弥漫，弗里达在伦敦的展览取消了。

当然，她还是获得了足够的爱：毕加索和米罗这样的大师都对她表达了欣赏，卢浮宫买下了她的一幅画。然而弗里达却厌倦了巴黎，就像她厌倦美国。她给尼古拉·穆雷写信说，巴黎那些搞超现实主义的艺术家，"都很蠢，又疯狂，又腐朽"，"他们认为我是个超现实主义者，但我不是"，"我不画梦，我画我的现实"。

她也给已经分开了的里维拉写信抱怨："法国人承诺了许多有趣的事，但展厅里并没有。"

弗里达尖锐地指出，法国人对她作品的偏爱，更多是因为"他们对墨西哥画家的异域风情感到好奇"。

但随后，她又说出了一段极微妙的台词：

迭戈，我撒谎了。巴黎非常适合我。但你不在我身边，万事皆无意义。

1939 年 10 月，弗里达返回墨西哥。病情恶化，她得持续坐轮椅了。她的信起了作用，彼此伤害却又彼此热爱的伴侣，终究还是彼此吸引。1940 年，里维拉和她复婚。

去过了美国与法国，与里维拉分开又复合后，弗里达又一次端详起了墨西哥城。

墨西哥城海拔高达 2240 米，长期是这个星球上海拔最高的都市区之一。与此同时，很长时间里，这里又是世上人口最多的城市。

这座城市本来是座伤感的水上之城：阿兹特克帝国的首都特诺奇提特兰本是个岛城，西班牙人将之夷为平地，填湖造陆，开始殖民。但 19 世纪独立之后，它又成为一座昂扬的独立之城。

西班牙语本是入侵的殖民者使用的语言，是这片土地人民的内心创伤。但现在，这座城市又创造着西班牙语史上最卓越的各色文学与艺术作品。

真极端。

墨西哥城仿佛是被强行挤压过的时空，一切时间与空间都融汇成一体。所以满街壁画色彩斑斓，明丽到密密麻麻，所以餐馆里的食物、酒及各色调味料五颜六色。

龙舌兰酒、烟草、船帆、胸佩金合欢的混血女人、吉他弦响、在郊区能够看到的漫长山线、非雨季时的酷烈阳光、一下起来就无休无止的雨、玉米饼。这里的移民血液比鸡尾酒更混杂，沸点太低，一段弗拉门戈舞曲，就能让他们沸腾起来。图书馆、咖啡馆与酒吧可以混为一谈。公园长椅上看得到边吃烤肉边读小说的老先生——小说页脚有香烟烫的洞。在街角的冰淇淋店可能吃得到你生平吃过的热量最高的甜品，老阿姨却会吹嘘"这是最古巴的风格"。他们的甜品也是如此夸张：杏仁蛋白软糖、蜜饯菠萝块。在老菜场吃得到最甜的糖。

这种不求和谐，但求激烈的做派，呈现在艺术中，也是如此。

这个城市拥有过西半球最富裕的人们——他们许多人在美洲大陆发了大财，也拥有过西半球最穷困的人们，以及他们拥挤如蚁穴的家宅。弗里达居住的蓝屋那一带，曾经有个俚语称呼"野狗"——实际上，他们的确会将野狗塑成铜像，搁在公园里。

因为它站得很高，因为它光照鲜明，因为它植物繁茂，它自然而然地有了名闻天下的酷烈饮食——龙舌兰酒与辣椒这样烈的东西，才符合这个城市的脾胃。本质上，墨西哥城与现代主义那种性冷淡的实用风格大大不同。你现在走在改革大道上，虽然会觉得身在一个规划严谨的现代城市，但看看周遭随处可见的壁画涂鸦，街头巷尾奔走的孩子，你多少会明白：这里依然是墨西哥。

1940 年代，费城、波士顿和纽约都有博物馆在收集弗里达的作品，墨西哥城的本杰明·富兰克林英语图书馆也用了她的作品。虽然时不时有工程师萨法这样的好客户，会一口气跟她订购三十几幅肖像画，但她的画风终究不受大众喜爱：1940 年代前半段，她主要的收入还是来自当教师。

但 1945 年，她创作了《摩西》，次年得到全国大奖，得到了五千比索的奖金；1947 年，墨西哥现代博物馆收购了她的名作《两个弗里达》。画中，两个弗里达血脉相连，一个身穿墨西哥传统服装，脆弱的血管环过她的右手臂，接在装有里维拉画像的护身符上；一个弗里达身穿洋装，心脏只剩下一半，血管被剪断，正在流血。

然后，她开始名扬天下：委托源源不断，甚至她没完工的作品，都被人盯上了。

但她的人生，也在走向尽头。

人生最后的时光，她基本在蓝屋里描绘静物画，水果与花。

她自己承认："我对我的画非常不安。主要是因为我想让它对革命共产主义运动有用……到目前为止，我只是简单地诚实地表达了自我……我必须全力以赴，确保我的健康允许我做的一点积极的事情也有利于革命，这是唯一真正活下去的理由。"

进入1950年代，她还改变了自己的画风：笔触更大胆，对色彩的运用更加雄健，整体风格更加强烈和狂热，仿佛来不及要将自己燃烧殆尽似的。

摄影师洛拉·阿尔瓦雷斯·布拉沃明白弗里达去日无多。1953年4月，他在墨西哥的当代艺术画廊举办了弗里达的首次个人展览。弗里达当时本已无法参加开幕式，但她还是坐救护车到达，被担架抬到展览开幕式上，就静坐着，看全世界观赏她的画。也就是这年，伦敦的泰特美术馆举办的墨西哥艺术展览中，展出了她的五幅画作，多少算是弥补了 1939 年那次展览被取消的遗憾。

一年后，1954 年 7 月 13 日，她去世了。自那以来，她成为传奇。

历史学家丽莎·贝克韦尔认为，她的作品表达了文化冲突：墨西哥人，既年轻又年老，如哥伦布那样既古老又现代；既是西方的，又是新世界的；既发展又欠发达；既被殖民又是混血儿，带点西班牙，又带点印第安。

艺术史学家琼·博尔萨则认为，不该太着重于她的个人经历。毕竟，她的作品可以体现得太多了：性别差异、边缘性、文化认同、女性主体性、政治和权力的审问……

但忘记这一切后，也许她最好的自白，是那幅《戴荆棘项链和蜂鸟的自画像》。带刺的荆棘刺入她的身体，痛苦一目了然。项链上是代表死亡的蜂鸟，背景是充满墨西哥意味的热带植物巨叶，肩上是黑猫与猴子，代表着她无法生育。头顶则是蝴蝶，如里维拉所说，"精致美好如蝶翼"。

死亡、痛苦、渴望生育却无法生育的现实、美好的蝴蝶，墨西哥。

无数的冲突。

很多年后，2014年加西亚·马尔克斯逝世时，墨西哥城人民在窗口呼喊，向他告别："谢谢你，加布！"——因为马尔克斯常年居住在此。甚至1967年传奇的《百年孤独》，就在这里完成。如果理解了墨西哥城的极端、奇幻、雨季漫长又浓烈华丽，你大概也能理解马尔克斯的魔幻现实主义风格从何而来。毕竟，连不朽的超现实主义大师达利都如此说墨西哥城：

"我受不了这座城市：它比我的作品还要魔幻！"

这句话，也可以用来形容弗里达·卡洛的人生：尖刻与温柔，梦与现实，钢铁与蝶翼，微笑与苦难，以及持久的疼痛。

魔幻的人生。

弗里达·卡洛。

从最叛逆的女模特，
到最自强的女画家

19 世纪，法国是有官方绘画评审的：叫作沙龙的机构。

1863 年春天，法国沙龙评审委员会打击了巴黎的叛逆艺术青年，噼里啪啦一阵切剁，落选作品超过三千。

外界呈请拿破仑三世："开个落选作品沙龙，让大家看看落选作品到底是何模样，如何？"

于是"1863 年落选者沙龙"轰轰烈烈地开展，观者如堵，比正经沙龙画展还热闹：大家多少抱着"看看那帮家伙，画了些什么违禁玩意儿"的心态。

然而，爱德华·马奈，却就此一举成名。

马奈是世家出身，父亲是内务部的，母亲是瑞典皇太子的教女。1856年，他24岁，在巴黎有了自己的工作室，玩起了新派花样。

在落选者沙龙上，他展出了著名的《草地上的午餐》。为了此画，他全家总动员：兄弟古斯塔夫·马奈、小舅子费迪南·伦霍夫一起上阵当模特。这二位亲戚加一位裸女，就构成了震惊法国的图景。画的前景，户外草地，两个全副装束的男人，一个裸女。色彩对比之强烈令人震惊。

此前看惯裸女画的评论家，看到此画也不免暴怒。当然，如今我们知道：这幅画是印象派运动的先声。但在当时，这幅画被评论家们热情攻击。

连同这幅画的裸女模特：时年18岁的维多琳·默朗。

维多琳小马奈12岁，巴黎一个铜匠家出身。

16 岁，她就去托马斯·库图尔的工作室当模特。1862 年，她初次为马奈做模特，让马奈画了《街道歌者》。她身材娇小，一头红发，明亮夺目。马奈开玩笑，叫她"虾"。她本来是个兼职模特，也在咖啡馆唱歌、弹吉他、拉小提琴，也教教吉他课和小提琴课。

根据当时的说法，维多琳是个非常喜欢问问题的女人。身为模特和音乐人，她很喜欢向画家们问这问那。其中一个问题是："为什么你们可以当画家呢？"

印象派画家常用的那几位女模特，各自有不同身份。莫奈爱画他太太卡米耶，但他穷，时不时地让卡米耶一个人摆好几个造型；德加有钱，所以能找芭蕾舞舞者和女演员给他摆造型。但并非每个模特都甘于做模特，比如雷诺阿爱用的模特、前马戏团少女苏珊娜·瓦拉东，后来自己也成了画家。

但维多琳最有名。

1865 年，马奈的《奥林匹亚》——这幅画曾叫作

维多琳·默朗年过花甲时，出现在德望贝的《被误解者》中，距离她为马奈担当模特已过了四十年。

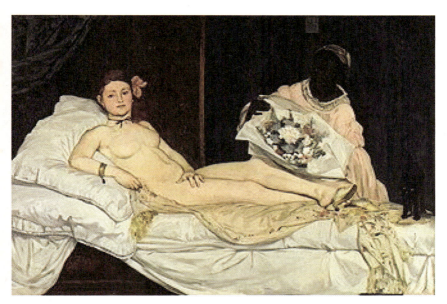

《奥林匹亚》，马奈，1863年，模特为维多琳·默朗。

《黑猫》——被沙龙选中展出，再一次引发哗然：全裸的维多琳在苍白的床单上躺着，侍从与黑猫在旁。

这幅画脱胎于提香的《乌尔比诺的维纳斯》，但马奈这画与提香的古典风范差别之大，一望而知。

于是，大众又一次攻击马奈，顺便一道攻击维多琳。她被大众误认为是娼妓，是马奈的情妇，她的小提琴课和吉他课由此大受影响。

许多人交头接耳："你敢去跟这种女人上课？"

虽然实际上，她和画家阿尔弗雷德·史蒂文斯的关系也很亲密，但世界总觉得"她是马奈的女人"。

另一边，艺术家圈子里，她也成了传奇。许多人觉得她该满足了：

一个铜匠家的女孩子，一个没有固定工作的乐器演奏家兼模特，能列名于伟大作品里，作为先锋艺术的模特，很有面子了。许多画家都称呼她"奥林匹亚"，用那幅画来代指她。她此时已是最著名的模特之一了。

但维多琳还是时不时问："为什么你们可以当画家呢？"

1870 年代，默朗不再满足于当模特。1873 年，她最后为马奈做了次模特，就此结束。

当时，巴黎另有位年轻画家鲁道夫·朱利安，也是一身的叛逆精神："落选者沙龙"上，时年 24 岁的他展出了六幅画。29 岁那年，他开了个私家画院，宗旨很别致：女人可以免费来学画，还可以画男模特！

——这个画院后来出过马蒂斯、杜尚、慕夏，但这是后话。1875 年，维多琳·默朗进了这所画院学画。

她的才华与天分让她进步神速：一年后，她的一幅自画像进了官方沙龙——巧的是这一年，马奈的作品没进沙龙。

又过了三年，1879 年，32 岁的默朗拿出了作品《19世纪的纽伦堡小资产阶级》，入选了沙龙，因为她和马奈的姓氏都是 M 打头，于是她的作品与马奈的一起张挂在

《吃面包的男孩》
维多琳·默朗
1876年

《自画像》
维多琳·默朗
1876年

沙龙 M 房。

即，曾经身为马奈模特的她，作为画家，与马奈列在了一起。

她一直在画，画了很久。1904 年她 60 岁时，其作品最后一次进了沙龙。以及，成为画家后，她又开始偶尔当模特了。在她看来，模特与画家之间不存在藩篱。她可以随意跨越。为了支持年轻画家，她允许劳特雷克等年轻画家画她。据说，劳特雷克还是会在人多的地方，半开玩笑地，忽然尊称她"奥林匹亚"。虽然那也许并非她乐意，虽然她也确实摆脱了这个形象，与马奈并肩而立。

1907 年，《奥林匹亚》进了卢浮宫，《草地上的午餐》进了装饰艺术博物馆，而维多琳和她的好朋友——许多人认为是她的女朋友——玛丽·杜福尔去巴黎西北的科隆布居住，画画，教吉他。她的作品，收在科隆布的博物馆。

1926 年冬天，莫奈逝世，印象派最初的大师们至此都已不在人间。三个月后，维多琳逝世。

她为马奈当模特的两幅巨作，某种程度上开始了印象派的时代，她自己成为传说。之后她以画家身份与马奈并列一室。

1904 年她 60 岁时，作为模特，出现在安德雷·德望贝的《被误解者》中：那时距离她的奥林匹亚岁月已过去四十年，她不再年轻俏丽，但她大概无所谓了。

印象派开端的女模特，被沙龙古典派认可的卓越女画家。这两种身份，她转换得游刃有余。她与马奈完成了对旧时代的叛逆与自立，虽然方式不同：她证明了她，即便已是传奇模特，也可以摆脱被凝视的地位，靠作品——在那个女人不太有机会学画的年代——与马奈列在一个画室中。

罗莎与安娜

3岁时摔倒，股骨骨折；5岁时被查出了骨髓炎，加上化脓性膝关节炎。

这就是安娜·克伦普克这位美国少女的童年：人生还没开始，命运已经打算判她死刑。

妈妈带着安娜去柏林找了当时的名医伯恩哈德·冯·朗根贝克，治了18个月，加以温泉治疗。然而19世纪的医学，人力有时而穷。安娜的步履，终究没法恢复如常。

但是，人生很长，没完呢。

行动不便的安娜，在别处寻找寄托。她得着了一个娃娃——"罗莎"，仿照当时最有名的女人罗莎·博纳尔制作的。她抱着这个娃娃，想：我要成为罗莎·博纳尔。

罗莎·博纳尔比安娜大 34 岁。她生在法国波尔多，是家中长女。6 岁那年，随全家搬到巴黎。她父亲是个画家，画风景，也接肖像画的委托。

罗莎从小与众不同。她说话不利落，读书不流畅。母亲教她阅读，教不会，教她字母，她记不太住。于是每学一个字母，罗莎就用笔在字母旁画一个小动物，帮助记忆。字母？不记得了。动物的样子？历历在目。

大脑中理该记下词句与规矩的地方，记下了动物。

罗莎 11 岁那年，母亲去世了。她小小年纪，却成了家中年纪最长的姑娘。本来已经很顽固的阅读障碍，至此雪上加霜。12 岁，学校开除了她。

但是，人生很长，没完呢。

画家老爸看着记不住字母却画得好动物、拿一支铅笔和一张纸能独处一小时不动窝的罗莎，说：要不你别上学了。

"当画家吧！"

罗莎当了画家。她有些阅读障碍，却还识文断字。她崇拜同代大作家乔治·桑。24岁那年，罗莎读了乔治·桑的乡村题材小说《魔鬼池塘》，这部小说讲述了一段某乡村丧偶男子与小他12岁的贫穷少女的爱情故事。罗莎大获灵感，三年之后，她创作了卓越的《尼韦尔奈的耕作》。这幅高134厘米、长260厘米的大幅油画，毫无纤柔之态，描述朴实的乡村风景。阳光灿烂，绿意盎然，明朗鲜亮，农民驱牛而行。最妙的是：主角不是人，而是牛。

六年之后，1855年，罗莎画出了代表作《马场》，一幅490厘米乘以240厘米的巨作。这幅壮丽的作品描述五彩缤纷的跃马飞腾，构图精美，动态扬跃。

也就是这一年，画商欧内斯特·甘巴特把博纳尔的作品推广到了英国，她在那里大受欢迎。四年之后，37岁的罗莎·博纳尔手头阔绰，已经买得起枫丹白露附近的一处城堡了——也是这一年，安娜·克伦普克3岁，股骨骨折。

名扬英法之后，罗莎·博纳尔人生的奇妙处方开始显现。

她描绘法国的壮丽土地与乡村风情，获得无数荣誉。43岁那年，拿破仑三世的欧仁尼皇后给她颁发了荣誉军团奖，她是法国首位得此奖章的女画家。后来，西班牙国王授予她皇家勋章指挥官十字勋章，比利时国王授予她天主教十字勋章和利奥波德十字勋章。伦敦皇家水彩画家学院请她为荣誉会员。但在法国，她的声名反不及在英国：众所周知，19世纪，法国画家们忙于潮流之争。德拉克洛瓦的浪漫主义、库尔贝的现实主义、巴比松七星及后续的印象派，正在与学院派的新古典主义抗争，新风格层出不穷。相比起来，罗莎这种田园的、传统的、经典的画风，被认为传统又商业。许多商业上不甚成功，又自觉理念超前的男画家和评论家，认为罗莎只是"工厂式地出产商业作品"而已。

如是，艺术界的男人们并不都欢迎罗莎——而罗莎懒得搭理他们。

据说，她买枫丹白露的城堡的理由之一，就是可以远离巴黎的社交圈，专心观察自己钟爱的动物们。当评论家嘲笑她只画动物、自己也很动物化时，她反问："那又如何？"她说她唯一在乎的雄性，就是她笔下的公牛和公马。

她穿裤子、留短发，抽烟，也喜好在森林里游猎。当被人说这是模仿男性时，她反问："为啥这些成了男性专属了？"

她承认母亲的早逝，让她背负起了照顾弟弟妹妹的责任，但她潇洒地说，自己并不想要男人的身份，"我只是想要男人们在家庭中一向拥有的权力和自由罢了"。她在枫丹白露的城堡，和自己的女性朋友娜塔莉·米卡斯，安安稳稳地合住了40年。

这就是安娜·克伦普克崇拜的罗莎·博纳尔：她倔强地逆流而上，成为法国商业上最成功的画家之一；她与自己的挚爱在自己的城堡同居；她画牛画马，描绘大自然。克伦普克在巴黎卢森堡博物馆无数次临摹罗莎的画作，1884年她28岁，作为学生，在巴黎沙龙展出了自己的作品，自己也成了画家。她认为这都是罗莎的功劳，罗莎的传奇鼓励着她，让她克服了残疾带给人生的绝望，成为卓越的女画家。

但是，人生很长，没完呢。

1889年，罗莎的挚爱米卡斯逝世。同年，安娜——回波士顿当了几年教师后——又回到巴黎。

1895 年，39 岁的安娜·克伦普克被引荐认识了 73 岁的罗莎·博纳尔——她少女时的偶像。引荐人说，罗莎想要找人画她的肖像画。

安娜有机会画自己崇拜的偶像了。

不止如此，她俩还住在了一起：安娜成了罗莎最后的情人。

三年后，罗莎为安娜创建了一个艺术工作室。又过了一年，罗莎以 77 岁高龄逝世。临终前，她将所有的遗产，一分不留，全部留给安娜·克伦普克，并指定安娜作为她的传记作者。

安娜为罗莎安排了后事，让罗莎与米卡斯合葬，题写了墓碑"友谊是神圣的感情"。

安娜·克伦普克自己在四十多年后，以 86 岁高龄逝世于旧金山：那时她也已是卓越的女画家了。

但她也做了许多别的事情：

她开设了罗莎·博纳尔艺术学校，专为女性提供艺术教育；她创立了罗莎·博纳尔奖，在罗莎的故居——枫丹白露附近的那个城堡——组建起了罗莎·博纳尔博物馆，并撰写了罗莎的传记《她的人生，她的作品》。

在男画家与评论家主宰的世界里，闯出一片天地，傲然取得成功，无视周遭的恶意，钟情于牛马，与挚爱自在同居的罗莎·博纳尔，鼓舞了同代无数人，尤其是残疾的安娜·克伦普克，砥砺出了另一位卓越女画家。

最后，安娜成了自己偶像最后的密友，还完成了她的遗愿，将彼此对女性的善意流传到下一个世纪。

这就是罗莎与安娜的故事。

瓦拉东：去他的灵感缪斯

您叫什么名字？

玛利亚。

是真名吗？

不是。当模特还需要报真名？

当然不用。几岁了？

18 岁。

结婚了吗？没有。但有个孩子了。

孩子有爸爸吗？

没有。我自己都没有爸爸。

你有梦想吗？

我想有一天，不用做别人的模特让人画，而可以画别人。

在我想象中，1883 年，雷诺阿初次见到 18 岁的玛丽·克雷门蒂娜·瓦拉东时，会发生以上对话。

皮埃尔·奥古斯特·雷诺阿生于 1841 年，比他的好哥们莫奈小一岁，七兄弟里排老六，老爸是个裁缝。13 岁，他就学会花里胡哨地给人弄装饰，趁晚上去上课，学习素描和装饰艺术。17 岁那年，为了谋生，他已经开始为武器雕刻纹章、给扇子上色。因为做惯装饰，他对色彩极为敏感，而且因为少年时就得完成枯燥工作，他很会为自己找乐子。

"如果画一个东西不能给我乐子，我画来干吗呢？"

1860 年代初，雷诺阿和莫奈在巴黎相识。这两人，加上和雷诺阿同年、学医不成的巴齐耶，以及大莫奈一岁的西斯莱，这四个家伙一起聊艺术。那会儿他们穷，于是雷诺阿常从家里带出面包来喂饱大家，而莫奈则带着大家到处蹭饭。

1876 年，雷诺阿在蒙马特租的旧工作室里住着，从马厩里搬出画架和画布，在花园里完成了《秋千》。他也试着把画架与画布搬去煎饼磨坊，看着蒙马特的阳光，完成了印象派史上最著名的作品之一《煎饼磨坊的舞会》。这幅乐观动人的画描述了欢乐的人群和节日的美丽，而最核心的部分则是：阳光落在回旋的人群身上时，节日服装的鲜艳色彩悦目混合。近景的人物脸上光线斑驳；而越往远处去，形象就越来越隐没在阳光与空气之中。他还是不爱勾轮廓，喜欢画欢快丰腴的人群。阳光与肌肤都光彩熠熠，仿佛要融化一般。35 岁了，他还是跟一个孩子似的爱热闹。

然后，他认识了瓦拉东。

玛丽·克雷门蒂娜·瓦拉东是个巴黎洗衣妇的女儿，

不知道父亲是谁，11 岁弃学。她的工作履历里，包括了帽子店、花圈店、蔬菜贩子和端盘子的。她 15 岁去马戏团演出，一年后从秋千上摔下来，结束了她短暂的马戏团生涯。18 岁生了个儿子，与她一样，没有父亲——虽然后来她的朋友米格尔·郁特里罗帮忙，认了这个儿子，给孩子起名叫莫里斯·郁特里罗，但许多人都认定：他只是个假爸爸。

18 岁开始，她为蒙马特高地那批年轻画家当模特。

她一踏入画室，便显出作为模特的天才。不只因为她很美——印象派作曲家萨蒂说她眼睛美丽，双手温软，双脚纤细——还在于她的气度：有诱惑力，标致，好强又撩人。好强的意思是，她不觉得自己会一辈子当模特。

当然并不是说她当模特敷衍了事。当模特时的她，专注、坚定、桀骜又热情，是个野丫头。雷诺阿在 1883 年以她为模特，画了一幅舞蹈画，认为她是天生的模特，没人能拒绝她。画画间隙，他们聊天。

"我要做画家。"她说。

两年后，雷诺阿画了她梳理自己头发的画像。又两年，雷诺阿给她画了一幅胸像，还给了她一句评语："雄心万丈。"

传闻她与所有为她画像的画家都多少有些情缘，但她从未真正依附于任何人。她与德加是好朋友，但是是平等的朋友。

她在花圈店与马戏团工作时，一直在画些器物、肖像、风景与花朵。18岁到28岁期间，给诸位印象派名家当模特与情人时，她并没忘了兼收并蓄，从诸位大师那里学东西。

十年之间，她成了一个才华横溢的素描家。她在画裸体女像方面尤其擅长，这事颇让人震惊，因为19世纪，女人做裸体女模，依然算伤风败俗，女画家画裸体女像，更是罕见——虽然她们有这样的先天优势，但大多放不开。瓦拉东利用好了这点优势。

27 岁那年，瓦拉东开始尝试作油画。两年后，她的画被选入国家沙龙。她成为法国历史上第一位官方美术协会承认的女画家。

德加，她终身的好朋友，成了第一位买她作品的收藏者，还教了她版画技法。44 岁，她作出了大型油画《亚当与夏娃》；两年后，作了《生活的乐趣》，主题全都有关于男人对女性的渴望。做多了模特，她懂得男人，当然也懂得女人。

她结了两次婚，分别嫁给了保罗·穆西斯与安德烈·尤特，两段婚姻都持续了差不多 20 年，然后离了。第二任丈夫为她儿子帮忙不少，后来她的儿子，那位莫里斯·郁特里罗，成为著名画家，当然那是另一个故事了。

直到她以 72 岁高龄逝世时，苏珊娜·瓦拉东，曾经的模特玛利亚，曾经的帽店小妹、蔬菜贩子、马戏团小姑娘、花圈店打工妹、饭店服务生玛丽，曾经的萨蒂的情人，曾经的穆西斯夫人和尤特夫人，都还是一个独立的女人。

她做的一切，看来很简单：作为一个女人，独立，从头至尾地独立。她曾是个模特，但最后成为画家。她不避讳那些情缘，还将它们当成了作画的灵感。男人对女人的情欲是许多女模特想躲避的，她却使之任自己操纵。她没有父亲，她的孩子也没有父亲，她始终以一个女性身份独往独来。她的一生不缺少男性，但从来没有一个男性作为主导角色。

雷诺阿说她雄心万丈。到最后，她确实将自己做成了一个纯粹彻底的女人。

所有被实现的一生所愿，最初都可能只是孩子气的幻想。幻想没有边界，所以才赋予人生更多的可能。

曾经，雷诺阿画《秋千》，画《煎饼磨坊的舞会》，画瓦拉东的那个工作室，那个用马厩装画架的地方，后来成了瓦拉东自己的工作室。如今，那里是蒙马特博物馆。画室保留着苏珊娜·瓦拉东和她儿子工作时的模样，楼下的花园则叫作雷诺阿花园。

这仿佛是蒙马特这个地方的隐喻：这个寒微的、高耸的、远离巴黎的山区，曾经的工人、农民、葡萄园主、被巴黎抛弃的人们寻欢作乐的地方，最后成了艺术家的摇篮，是蒙帕纳斯的先声。雷诺阿在此描绘阳光；苏珊娜·瓦拉东在此当模特，然后反客为主成为这里的主人，成为优秀的画家；她的儿子继续描绘着蒙马特的精神。曾经巴黎的体面人周末跑来这里声色犬马，到如今你可以在圣心大教堂俯瞰巴黎——蒙马特本身成为传说之地。

一切都可以星移斗转，无论曾经经历过多少的晨昏与明暗。

蒙马特。

自拍魔女雷卡米尔

史上最唯美的裸女像之一《大宫女》的构图，是安格尔向他师父大卫的肖像画《雷卡米尔夫人》致敬。可是，大卫当年曾经把《雷卡米尔夫人》画一半搁下了。理由？1800年，大卫开始画23岁的雷卡米尔夫人，然后得知自己被蒙了：早在先前，弗朗索瓦·热拉尔已然自告奋勇，为雷卡米尔夫人画像了。大卫，出于艺术家的自尊，或者吃醋，画一半就搁下了，后来才勉为其难地完工。

如今，这两幅肖像，都还在巴黎卢浮宫留着呢。

《雷卡米尔夫人》，弗拉戈纳尔，1800年。弗拉戈纳尔是洛可可画派大师，画风精细淡雅。值得一提的是，这幅画完成时，他已68岁高龄。

大卫，1800年，有人推测模特为雷卡米尔夫人。值得一提的是，大卫这幅画，后来被其学生安格尔模仿，画成了著名的《大宫女》。

《雷卡米尔夫人》，热拉尔，1805年。

热拉尔是大卫的弟子，被认为善于描绘富有古典气息的肖像画。

《雷卡米尔夫人》
大卫
1800年

然而，雷卡米尔夫人的传世画像，又不止这两幅。1798 年，莫林为她画过一幅小鸟依人像；1807 年，玛索特为她画过一幅希腊美女像。简单说吧，她简直是 19 世纪初艺术史上的自拍魔女，到处出镜，随地留影。生怕时光抛掉了她似的。

当然未必是出于虚荣，也可能出于寂寞。

在成为雷卡米尔夫人前，她叫做朱丽叶·弗朗索瓦·阿黛勒·贝纳尔，大家也叫她朱莉。父亲让·贝纳尔是国王的御前顾问，母亲玛丽·朱丽叶·玛东是当时的美人。15 岁她就出嫁了。在波澜壮阔的 1793 年，全法国都在大革命中战栗危惧，怕自己要上断头台，她却嫁了个大她 27 岁的银行家雅克·罗斯·雷卡米尔，从此成了雷卡米尔夫人。雷卡米尔先生写道："我不爱她，但我觉得她有天分，这个有趣的生物会确保我一生欢乐……我想确认她快乐，她有这个年纪罕见的成熟，她善良，有感染力……人人都爱她。"

当一桩婚姻以"我不爱她"开始时，不难想象其中的艰涩。当然啦，她的确被所有人爱慕：那是18世纪末19世纪初，法国纷乱的世纪之交，她成了巴黎社交圈的神话。王公贵族们争相到她的沙龙献媚，画家们为了争夺给她画像的资格争风吃醋。拿破仑的弟弟吕西安·波拿巴给她写情书，而她的丈夫冷静地回答："别让他绝望，但也别让他得手。"

似乎这就是雷卡米尔夫人对付她那些爱慕者的手段。她有许多爱慕者，其中最赖着不走的，是浪漫主义文学第一人夏多布里昂。当然，那会儿的夏多布里昂还没成名。虽然也有诸如加瓦尔尼这样的艺术家，会嫌她"有底层人民的臭味"，但拦不住蒙特伦西公爵、吕西安·波拿巴亲王（拿破仑的亲弟弟）、普鲁士的奥古斯都王子们争先恐后来她家朝见。

合理的推想当然是：她入幕之宾众多，所以自然是游戏花丛夜夜笙歌了。

并非如此。据说她直到 40 岁还是处女。一种说法是，她有奇怪的病症，无法与丈夫行夫妻之实，一尝试就痛不欲生；另一种说法则在 19 世纪初期大行其道，她不和丈夫同床，是因为她丈夫，雷卡米尔先生，是她的父亲……这种说法强调，雷卡米尔先生和珍妮的母亲，美丽的玛丽·朱丽叶·玛东有瓜葛，有了这孩子，为了保护她，才从名义上娶了她，以便将遗产全部留给她。

　　但这点遗产没能从雷卡米尔先生传递给雷卡米尔夫人。1805 年，雅克经济遭到巨大损失，于是有人提议她离婚，嫁给正追求她的普鲁士王子，但她拒绝了。据说她给普鲁士王子一幅肖像作为弥补，便是那幅热拉尔所作的《雷卡米尔夫人》。她没那么富裕了，但她依然在巴黎住处接待客人。许多人依然赞美她美丽而高贵，当然也有些刻薄的艺术家说她"有低端中产阶级"的气味。

　　一般认为，她真正的情人，不是那些为她描绘肖像让她永留卢浮宫的大画家，而是浪漫主义的开山祖师，大作家夏多布里昂。夏多布里昂大她9岁，喜爱到处流浪，当过外交官，也落魄过，曾被雨果发愿"要么成为夏多布里昂要么一事无成"，却每天赖在她的沙龙。夏多布里昂情绪多变、经常专横、激情洋溢，这仿佛补上了雷卡米尔夫人在婚姻里没能得到的一切。以至于到了晚年，他俩研究出一个花样。

1836年，已经65岁的夏多布里昂穷愁潦倒，雷卡米尔夫人就命夏多布里昂将他的自传拿来，在她的沙龙里读。等所有人都对此书翘首企盼时，雷卡米尔夫人现场筹款：每个股东给夏多布里昂一笔钱，购买一些股份，将来他死后自传出版，就按股分红。

之后发生的事极为有趣：夏多布里昂人生最后那些年，因为雷卡米尔夫人的提议，得以衣食无忧。那些股东付的钱保证他生活优裕，然而他又老是不肯死掉。雷卡米尔夫人应付着股东们，让他们耐心等着夏多布里昂活到80岁高寿才死去，而她也在1年后死于霍乱。

就在她死去那年，夏多布里昂的回忆录《墓外回忆录》出版了。

就这样，雷卡米尔夫人把自己的身影遍布在 19 世纪末 20 世纪初的文艺世界里，到处留下自己的画像与传奇。甚至大卫给她画的那幅肖像，都无意间留传下来。如今在法语里，这种"可以垫脚的长沙发"，就叫作雷卡米尔——连她睡过的东西都不愿意被遗忘，必须有个名字流传后世才甘心。

时尚审美的颠覆者——崔姬

1897年，英国伦敦哈克尼的马雷街，出了桩诡异的悲剧。一位叫格蕾丝·梅多斯的女士不幸死于一场低价促销活动——商店促销，购物者一拥而上，梅多斯女士死于踩踏。

商业狂热害死人！

52年后，即1949年，梅多斯女士的曾曾孙女出生了，她叫莱斯利·霍恩比。

她生在工人家庭，从小不缺蔬菜和肉，但也不算富贵。

很多年后，莱斯利描述少女时的饮食生活："圣诞节时爸爸喝啤酒，妈妈喝雪莉酒，我们不太喝葡萄酒——我们那个阶级，除非是遇到个人心理问题了，否则一般不太喝葡萄酒。"

她自称少时吃得很多，但身体胖不起来。很多年后，她将此归咎于基因。

1960 年代初，当时流行的审美是：女性身材婀娜丰满，肩臂圆润，熨烫卷发，口红艳丽，胸部丰满，小腹微凸。

理想的女性该如玛丽莲·梦露一般。

相比而言，当时莱斯利·霍恩比身高 168 厘米，体重 41 公斤。

她崇拜当时著名的美人、178 厘米的珍·诗琳普顿，希望长成那个样子。

1966 年 1 月，16 岁的莱斯利在伦敦的莱纳德·梅费尔家做发型，有个职业摄影师巴黎·赖特冈帮着拍了几张照片，挂在梅费尔家的发廊里。

《每日快报》的记者看到了照片，要求见见莱斯利。

之后，她一举成名，成了"66年的代表面容"。

她有个精明的男朋友，奈杰尔·达维斯，立刻成了她的代理人。自己改了个很异国风情的名字贾斯汀·德·维伦纽夫，又给莱斯利起了个艺名Twiggy，崔姬。Twig有嫩枝的意思。的确，她细瘦如枝。

之后的一切成了历史。她从此名闻天下。

许多人认为她是史上第一个超级模特。不同于当时自信丰满圆润的美人，她在许多照片中显得纤瘦又局促。

但这不妨碍她出现在纽约的、巴黎的、伦敦的各种杂志封面上。

当时对她的评价，相当两极分化。

批评她的人认为她不健康，孩子气，瘦弱，并不是一直以来女性理想的健康身体。比如利兹的马克·科恩说她的腿瘦得"像两条虫子"。

喜欢她的人则认为她富有新意，不再矫饰，打破了人们对女性固有的审美偏执。*Vogue*杂志的戴安娜·维利兰认为："她是这个迷你时代的迷你女孩！她看上去很美味！"

关于她是否代表健康审美的争论甚嚣尘上，这让她成了个传奇，其形象一望而知：

细瘦的身材，短发，浓黑眼妆，非常容易辨认。

但也有人，脱离了审美范畴，讨论她走红的原因。

评论家琳达·德利贝罗说，崔姬是"那年英国生产的最引人注目的商品"。

——是的，商品。

《每日邮报》的时尚记者苏·达格利什不事褒贬地描述了一个事实：

崔姬的大多数爱好者，集中在 14 岁到 15 岁这个年龄段，都是青春期的孩子。1966 年正是他们开始有消费能力的年头。

比起性感迷人、丰腴娇媚的梦露，或者触不可及的杰奎琳·肯尼迪，青春期的英国孩子，更渴望一个与他们相像的形象：也许瘦弱，还有点尴尬，但很像他们自己。

或者说，许多青春期孩子，都将自己在青春期的情绪，投射在了崔姬身上。

还有另一个商业角度。

1960 年代中期，正是中性化发展的高峰。当时的时装潮流渴望表现男女皆宜与极简主义。崔姬兼有少年与少女的形象，极符合时代需求，于是，就这样了。

1970 年，21 岁的崔姬宣布不当模特了。"你不能永远当个衣服架子！"她转行去演电影，拍电视剧，唱歌，诸如此类。

1991 年，她 42 岁时，体重到了 51 公斤，留起了长发。

她说她觉得自己很幸运，她喜欢自己那短暂但传奇的模特生涯，但她承认"讨厌 1967 年自己的模样"。

是的，1967 年的她是全球传奇，代表时代风貌，有无数疯狂爱好者，但她不喜欢当时的自己。

崔姬，1966年，1920年代复古装。

崔姬，1966年，户外风格服饰。

崔姬，1966年，喇叭裤与无袖衫。

崔姬，1966年，1920年代复古装。

崔姬，1867年，于纽约参加"年度模特"典礼。

"在学校里没人找我约会，我就是个滑稽的小东西，然后这个形象成名了，一切对我而言都很诡异。"

在她之前，世界流行梦露那样丰腴的美，一度牢不可破。她引发了瘦削、中性化与叛逆的风潮，满足了当时青春期少男少女们的需求，结果这成了新的铁律——1960 年代，时装模特平均比一般女性轻 7 公斤。

自她之后，1990 年代，时装模特比一般女性平均轻 17 公斤，高 10 厘米。

时装模特与普通人，已经永久地产生了差异。

47 岁的崔姬认为这不是她的问题："不是我的错，是媒体宣传制造了这一切。"

想想，也对。

就像评论家们所说的，到最后，崔姬本身是一件商品。她的瘦削形象，她的眼妆，都是商品。

她背后所蕴藏的中性化青春期理念，也是商品。

她只做了四年模特，她的形象代替了梦露们成为时代潮流，但最后她们也都只是时代潮流的影子，为了符合不同人群的喜好。

商品。

2014年，年过花甲的崔姬对《每日邮报》念叨英国的肥胖问题，认为这一切都是食品工业的错。由她这么一位曾经的传奇瘦女子讨论肥胖问题，多少有些冷幽默，所以她也得辩白：自己少女时那么瘦并非刻意为之，而是基因使然。并强调：

不希望女孩子们跟她当年一样瘦！——是的，瘦到留名历史的美女，其实自己是讨厌瘦的。

只是商业与媒体会扭曲这一切罢了。

就像，崔姬自己的曾曾祖母，曾经死于19世纪末那场狂热的低价促销。

"商业和媒体宣传，总是会让人认不出真正的自己。"

曾经依靠商业和媒体宣传一度代表时代形象的崔姬，如是说。

被称为"大帝"的女孩

"快乐与悲哀都是自己决定的。如果你觉得不开心，就尽力去超越，然后你会明白：快乐与否与外界无关……人真正的动力，出自自己隐藏的兴趣。"

这段话听着，像是心灵鸡汤。

然而，说这段话的姑娘索菲亚，却是个杀伐决断，将这段话实践到极限的人。

索菲亚的童年，按她自己的说法，毫无趣味。她的家庭教师是法国人，自己接受的是男孩子的教育：练剑、读书、学外语。她读古罗马的塔西佗，发现了一段真理："人最好的动力，不是他的职业前景，而是他隐藏的兴趣。"

大概，想要上进，你得了解自己真正的欲望。

13岁那年，索菲亚时来运转，她富贵的姨妈伊丽莎白打算让自己的儿子、索菲亚的远房表哥彼得继承家业。自然有人盘算，让索菲亚去嫁给彼得。于是一幅索菲亚的肖像画被寄到了姨妈那里。一年之后，姨妈回了一封信，请索菲亚和她妈妈乔安娜到自家来——那意思是：你可以嫁给彼得了，以后我不是你姨妈了，是你婆婆了。

然而，婆婆立刻给了索菲亚一个下马威。她和索菲亚的妈妈乔安娜早有宿怨，本来伊丽莎白要嫁给乔安娜的哥哥卡尔，但卡尔骤逝，伊丽莎白远嫁出门。当年的经历让她知道，乔安娜是个薄情寡恩的虚荣之人。索菲亚刚踏进姨妈兼婆婆伊丽莎白家门不久，她妈妈乔安娜就被赶走了。

客居他乡，母亲被逐，一个孩子应该怎样应对呢？

15 岁的索菲亚没表现出丝毫怨怼之意。她微笑着讨好伊丽莎白，积极学习当地语言。她父亲明明是路德教徒，她却主动要求加入当地的东正教。当时，她染上了严重的胸膜炎，一度一天内放血四次来治疗。一度性命垂危时，大家以为她要死了，问她是否要请路德教牧师来给她行临终圣事，她却说要请东正教的牧师——笃信东正教的姨妈听了心花怒放。

　　很快，索菲亚改了新的教名，然后赶紧和彼得结了婚。

　　一般传说，索菲亚和彼得感情并不融洽。有传说指出，婚后长达 5 年时间，他俩没有同房。所以当他俩生出了一个儿子保罗之后，流言纷纷，认为保罗是私生子。讽刺的是，虽然后来索菲亚确实有私生子，但保罗从容貌到做派，都像极了彼得，所以私生子的流言随着时间流逝不攻自破。不过，索菲亚得以平安，不是因为彼得多么宽容，而是因为她得到了姨妈兼婆婆伊丽莎白的疼爱。当有人试图在伊丽莎白耳边吹风时，伊丽莎白果断地用一句话终结了非议："如果保罗是私生子，也不是我们家族的第一个！"

但婚后长达 17 年的时光，索菲亚并不那么快乐。她的丈夫彼得荒唐好酒，醉后便发酒疯。索菲亚无权拒绝丈夫酒后粗暴的对待或疯狂的拳头，便躲在自己的卧室里阅读。她能阅读多种语言，规定自己每 8 天要读完一卷德国史——合计 10 卷。然后，她又通读了 4 卷哲学史。也就在这段时间，她发出了感慨：

"快乐与悲哀都是自己决定的。如果你觉得不开心，就尽力去超越，然后你会明白：快乐与否与外界无关……人真正的动力，出自自己隐藏的兴趣。"

她隐藏的兴趣是什么呢？当然不只是阅读与哲学。

索菲亚 32 岁那年圣诞节，她的婆婆兼姨妈伊丽莎白逝世，彼得继承了家业。

185 天后，到了下一年的 7 月 8 日，索菲亚逮捕了彼得。9 天后，彼得死在索菲亚一个情夫的弟弟之手。9

月，索菲亚承继了姨妈兼婆婆留给她丈夫的产业：整个

俄罗斯帝国。

历史书一般以她的东正教教名称呼她：

叶卡捷琳娜二世·阿列克谢耶芙娜。

或者：叶卡捷琳娜二世。

这里有一个命运的讽刺：当年主张让叶卡捷琳娜嫁

给俄国王太子彼得（被妻子处理掉时，他已经是彼得三

世了）的人，乃是普鲁士国王腓特烈二世。彼得接受与

叶卡捷琳娜的婚姻，原因之一便是他崇拜腓特烈二世，

很乐意让俄罗斯跟普鲁士交好，而叶卡捷琳娜恰恰把握

住了这一点。她得以推翻自己的丈夫，自己成为女皇，

恰是因为她拉拢了大量重视俄罗斯利益、仇视普鲁士的

王公贵族。

我们现在已经知道了，叶卡捷琳娜二世要从 1762 年

一直执政到 1796 年。我们知道，她会让俄罗斯扩张 50

多万平方公里的国土，1783年会吞并克里米亚。我们知道，她有无数情人，其中有一个情人会帮助她瓜分波兰。我们知道，她发行了俄国第一批纸币，多次击败奥斯曼，对俄罗斯进行了现代化革新。有许多人认为她的时代是俄罗斯帝国与贵族的黄金时代。

但她又有些让人迷惑的事迹。

她一度主导俄罗斯与英国的同盟，之后又作废了。

她一度反对普鲁士，但之后又与普鲁士、波兰和瑞典暂时同盟，以对抗波旁·哈布斯堡联盟。

她阅读孟德斯鸠，并将其思想运用到议会立法指令思想。她结交了法国的启蒙主义大师伏尔泰与狄德罗。当法国政府要禁止狄德罗编纂百科全书时，她邀请狄德罗来俄罗斯完成百科全书。她资助伏尔泰15年直到他去世，被伏尔泰认为是北方之星，开明专制的典范，甚至请求她学习希腊语，收复君士坦丁堡。可是，她也能在后来放弃启蒙主义思想，反对法国大革命，让曾经推崇她的法国人转而仇恨她。

为何如此矛盾呢？

1796 年以 67 岁的年龄逝世时，欧洲许多反对她的人纷纷诋毁她，说她过于淫荡，跟一匹马交媾，于是死掉了——这个说法浮夸而无耻。普鲁士的腓特烈大帝则有另一个说法：1774 年，腓特烈大帝给自己兄弟写信时，不屑一顾地说叶卡捷琳娜二世"女人毕竟是女人，在女人统治下，下半身永远比直接理性指导的坚定政策更有影响力"。

这种偏见在当时极为流行，毕竟，男君主有多少情人都无所谓，但他们总觉得，女君主总会被情人们牵着鼻子走。而叶卡捷琳娜二世也的确情人不断：她最后一个情人朱保夫，比她小 40 岁。

真的如此吗？

如前所述，叶卡捷琳娜二世的父亲笃信路德教，她自己在生命垂危时却要加入东正教，以此讨得了伊丽莎白的欢心；但成为女皇后，叶卡捷琳娜对宗教没显出太大热忱。大概，她当时对东正教的积极，是一种手段；与英国的同盟，也是一种手段；与普鲁士的分合，也是一种手段。

与启蒙主义大师们的友谊，以及抛弃启蒙主义思想，对她而言不矛盾。

她修建的斯莫尔尼宫，是欧洲首个由国家赞助的为女性提供高等教育的所在。她要求宫殿应当刻意修建得寒冷，以便警醒在其中学习的少女们：凡事无论是快乐还是享受，都不宜过度，要时刻保持清醒。她确实很清醒。

那个时代，天花还是要命的征候。1768 年，叶卡捷琳娜二世邀请英国医生托马斯·迪姆斯戴勒进宫，以身作则，让医生为她和儿子保罗接种疫苗。

法国大革命期间，当时最有名的女画家勒布伦来到俄罗斯，亲见了叶卡捷琳娜二世，惊讶于女皇娇小的身材，毕竟女皇名闻天下，"我本以为她会和她的盛名一样高大"。但她承认，女皇激情澎湃，仪态迷人，目如鹰隼，杀伐决断。

这就是叶卡捷琳娜二世。虽然外界总试图给她安插无数风流艳闻——她也确实有一大堆情人，比较靠谱的数字是 23 个——但骨子里，她不像腓特烈所说的那样感情用事。她了解自己的欲望，忠于自己的欲望，也达成了自己的野心。

也许从一开始，从那无趣的学剑读书、阅读塔西佗的童年开始，她就有欲望在萌发。谁知道呢？毕竟，睿智如腓特烈，都会因为她是个女人而小看她。

"快乐与悲哀都是自己决定的。如果你觉得不开心，就尽力去超越，然后你会明白：快乐与否与外界无关……人真正的动力，出自自己隐藏的兴趣。"

她学习俄语，融入东正教；她讨好伊丽莎白，忍耐彼得三世的暴力；她出身普鲁士，却与俄罗斯贵族们同心合力。17 年不太快乐的婚姻，她承担了下来，让自己成了一个真正的俄罗斯人，终于从太子妃变成了皇后，185 天后，夺位，君临俄罗斯。

一切从何时开始？不知道。只是很多年后，叶卡捷琳娜二世的确承认过，她从去到俄罗斯开始，就知道"我必须成为一个俄罗斯人，才能戴上皇冠"。

也许那就是她隐藏的兴趣：不是阅读，不是哲学，而是皇冠。